W0338867

VERONICA ROTH

DIVERGENTE

RACONTÉ PAR

QUATRE

Traduit de l'américain par
Anne Delcourt

Nathan

À mes lecteurs,
des sages et des braves.

INTRODUCTION

J'AI COMMENCÉ à écrire *Divergente* du point de vue de Tobias Eaton, un garçon né chez les Altruistes, maltraité par son père, et qui rêvait de s'émanciper de sa faction. J'ai abouti à une impasse au bout de trente pages, parce que sa voix n'était pas tout à fait la bonne pour raconter l'histoire que j'avais en tête. En reprenant ce récit quatre ans plus tard, j'ai trouvé la narratrice qui convenait, en la personne d'une jeune Altruiste qui voulait découvrir qui elle était réellement. Mais Tobias n'a pas disparu pour autant ; il est entré dans l'histoire dans la peau de Quatre, instructeur, ami, petit ami et égal de Tris. J'ai toujours eu une motivation particulière à creuser ce personnage, à cause de la façon dont il prenait vie pour moi dès qu'il apparaissait dans une page. Il m'évoque la puissance, avant tout par sa capacité à surmonter l'adversité, et même, par certains côtés, à s'y épanouir.

Les trois premiers récits, *Le Transfert*, *Le Novice* et *Le Fils*, se déroulent avant la rencontre de Quatre avec Tris. On y suit son parcours de la faction des Altruistes à celle des Audacieux, à mesure qu'il se construit. Tris apparaît dans la dernière nouvelle, *Le Traître*, qui se situe chronologiquement au milieu du premier volume de la série. J'avais très envie d'y inclure le moment de leur rencontre, mais il n'avait malheureusement pas sa place dans le fil de l'histoire. Vous le trouverez donc à la fin de ce livre.

La trilogie s'attache à Tris à partir du moment où elle prend le contrôle de sa propre vie et de son identité. Les histoires du présent volume font de même avec Tobias. Le reste, comme on dit, on le connaît.

VERONICA ROTH

LE TRANSFERT

J'ÉMERGE DE LA SIMULATION en hurlant. Ma lèvre inférieure me pique et j'ai du sang sur les doigts après l'avoir touchée ; je me suis mordu.

L'Audacieuse qui supervise mon test d'aptitudes – elle s'appelle Tori – me jette un drôle de coup d'œil en nouant ses cheveux noirs en chignon. Elle a les bras entièrement recouverts de tatouages de flammes, de rayons de soleil et d'ailes de faucon.

— Pendant la simulation... tu étais conscient que ce n'était pas la réalité ? me demande-t-elle en éteignant la machine.

Son ton et ses gestes sont décontractés, mais c'est une décontraction étudiée, résultat d'années d'entraînement. Je sais faire la différence. Et je ne me trompe jamais.

Tout à coup, je me rends compte que mon cœur bat très vite. Mon père m'avait prévenu qu'on me poserait cette question et il m'a bien précisé ce que je devais répondre.

— Non, dis-je. Si c'était le cas, je ne me serais pas mordu jusqu'au sang.

Tori m'observe quelques secondes en mordillant l'anneau qui lui perce la lèvre et m'annonce :

— Félicitations. Tes résultats sont typiquement Altruistes.

J'approuve d'un hochement de tête, mais le mot « Altruiste » me fait l'effet d'un nœud coulant glissé autour de mon cou.

— Ce n'est pas ce que tu voulais ? me demande-t-elle.

— C'est ce que veulent les membres de ma faction.

— Il n'est pas question d'eux, mais de toi. Tu peux parler en toute sécurité, tes paroles ne sortiront pas d'ici.

Avant même d'arriver ce matin, je savais comment les choix que je ferais au cours du test d'aptitudes seraient interprétés. J'ai pris la nourriture plutôt que l'arme. Je me suis jeté en travers du chemin du chien pour sauver la petite fille. Je savais que ces choix aboutiraient à un résultat « Altruiste ». Et j'ignore si mes réponses auraient été différentes si mon père ne m'avait pas coaché, s'il n'avait pas contrôlé à distance chaque étape de mon test. À quoi est-ce que je m'attendais ? Quelle faction aurais-je voulue ?

N'importe laquelle. Sauf Altruistes.

— C'est aussi ce que je voulais, déclaré-je d'un ton ferme.

Elle a beau dire, je ne suis pas plus en sécurité ici qu'ailleurs. Les endroits sûrs, ça n'existe pas. Pas plus que les vérités sûres ou les oreilles suffisamment sûres pour accueillir des secrets.

Je sens encore les mâchoires du chien qui se resserrent sur mon bras, ses crocs qui me lacèrent la peau. Je salue Tori d'un signe de tête en me dirigeant vers la porte, mais au moment où je vais sortir, elle me retient par le bras.

— Tu devras vivre avec ton choix, me dit-elle. Quoi que tu décides, les autres s'en remettront, ils passeront à autre chose. Toi, jamais.

J'ouvre la porte et je sors.

Je retourne m'asseoir à la table des Altruistes à la cafétéria, parmi des gens qui me connaissent à peine. Mon père m'interdit d'assister à la plupart des rassemblements de la communauté. Il prétend que je créerais des problèmes, que je finirais par faire quelque chose qui nuirait à sa réputation. Ça m'est égal. Je suis mieux dans ma chambre, dans le silence de la maison, qu'au milieu d'Altruistes déférents et contrits.

En revanche, cette absence constante a fini par susciter de la méfiance. Les Altruistes sont persuadés que quelque chose ne va pas chez moi, que je suis malade, dépravé ou bizarre. Même ceux qui font l'effort de me saluer ne me regardent jamais dans les yeux.

En attendant que les autres aient passé leur test, je reste assis, les mains serrées sur mes genoux, à regarder les gens dans la salle. La table des Érudits est recouverte de documents, mais la plupart font semblant d'étudier, plus occupés à bavarder qu'à échanger des idées, ramenant vivement les yeux sur les pages dès qu'ils se sentent observés. Les Sincères parlent fort, comme toujours. Les Fraternels sourient et rient en se passant de la nourriture qu'ils sortent de leurs poches. Les Audacieux, étalés sur les tables et les chaises, chahutent, s'affalent les uns sur les autres, se lancent des piques et des coups de coude.

J'aurais voulu n'importe quelle autre faction. N'importe laquelle plutôt que la mienne, où tout le monde a décrété que je n'étais pas digne qu'on s'intéresse à moi.

Enfin, une Érudite entre dans la cafétéria et lève la main pour réclamer le calme. Les Altruistes et les Érudits se taisent, mais elle doit crier « silence ! » pour que les autres s'aperçoivent de sa présence.

— Les tests d'aptitudes sont terminés, déclare-t-elle. Je vous rappelle qu'il est interdit de discuter de vos résultats avec quiconque, pas même avec votre famille et vos amis. La cérémonie du Choix se tiendra demain à la Ruche. Prévoyez d'y être dix minutes à l'avance. Vous pouvez partir.

Tout le monde se précipite vers la porte, sauf notre table, où pas un ne se lève avant que le reste de la salle ne soit vide. Je connais par cœur le chemin que ceux de ma faction vont emprunter pour rejoindre l'arrêt de bus. Ça peut leur prendre plus d'une heure, à laisser tous les autres passer devant eux. Je ne crois pas que je pourrais supporter ce silence plus longtemps.

Au lieu de les suivre, je sors discrètement par une porte latérale pour gagner une allée qui longe le lycée. Ce n'est pas la première fois que je la prends, mais d'habitude, je m'y déplace lentement, pour éviter d'être vu ou entendu. Aujourd'hui, je n'ai qu'une envie : courir.

Je dévale l'allée et tourne dans la ruelle déserte en sautant par-dessus un trou dans la chaussée. Les pans de mon ample veste d'Altruiste claquent dans le vent et je l'enlève pour la laisser flotter derrière moi comme un drapeau, avant de la lâcher. Je remonte les manches de ma chemise au-dessus de mes coudes. Quand mon corps renâcle, je ralentis. On dirait que la ville entière défile dans un brouillard où tous les immeubles se confondent. J'entends le claquement de mes semelles sur la chaussée, comme un bruit extérieur.

Enfin, la brûlure de mes muscles m'oblige à m'arrêter. Je suis arrivé dans une zone à l'abandon livrée aux sans-faction, bordée d'un côté par le secteur des Altruistes et le siège des Érudits et, de l'autre, par le siège des Sincères et les espaces collectifs. À chaque rassemblement, nos leaders, parlant généralement par la voix de mon père, nous incitent à ne pas avoir peur des sans-faction, à les traiter comme des êtres humains et non comme des créatures brisées et perdues. Il ne m'est jamais venu à l'idée de les craindre.

Je monte sur le trottoir pour regarder à travers les fenêtres. Dans la plupart des immeubles, je ne vois que des pièces vides jonchées de détritus, où pourrissent de vieux meubles. Quand la majorité des habitants sont partis – ce qui est l'hypothèse la plus vraisemblable, la population actuelle étant loin d'occuper tous les logements –, ils n'ont pas dû le faire dans la précipitation car ils n'ont rien laissé. Rien d'intéressant, en tout cas.

Cependant, je remarque quelque chose. La pièce que j'aperçois est aussi vide que les autres mais au fond, derrière une porte ouverte, je vois luire une unique braise, un morceau de charbon rougeoyant.

Intrigué, je m'arrête et j'essaie d'ouvrir la fenêtre. Au début, elle reste coincée, mais je la secoue un peu et elle se soulève dans un mouvement de ressort. J'y passe le torse, puis les jambes, et je retombe à l'intérieur dans un roulé-boulé en me raclant les coudes sur le parquet.

Ça sent la fumée, la sueur et les odeurs de cuisine. Je m'approche pas à pas de la braise, à l'affût de voix qui m'avertiraient de la présence de sans-faction. Mais tout est silencieux.

Les fenêtres de la pièce du fond sont obscurcies par un mélange de peinture et de crasse, mais dans le peu de jour qui filtre au travers, je distingue des palettes chargées de vieilles boîtes de conserve. Au milieu, il y a un petit barbecue. Presque tout le charbon est réduit à l'état de cendre blanchie, sauf le morceau embrasé, ce qui laisse supposer que les derniers occupants ne sont pas partis depuis longtemps. Et à en juger par l'odeur et par la quantité de vieilles boîtes de conserve et de couvertures, ils étaient un certain nombre.

On dit toujours que les sans-faction vivent en dehors de toute communauté, isolés les uns des autres. Là, en regardant autour de moi, je me demande comment j'ai pu croire ça. Qu'est-ce qui les empêcherait de se regrouper, comme nous ? C'est dans la nature humaine.

— Qu'est-ce que tu fais là ? me demande soudain une voix qui me traverse comme un électrochoc.

Je me retourne et je découvre, sur le seuil d'une autre porte, un homme au visage crasseux qui s'essuie les mains sur un torchon troué.

— Je...

Mes yeux se posent sur le barbecue.

— J'ai vu quelque chose qui brûlait.

— Oh.

Il fourre le coin du torchon dans sa poche arrière. Il porte un pantalon noir de Sincère, rapiécé avec du tissu bleu d'Érudit, et une chemise grise d'Altruiste identique à la mienne. Il est maigre comme un clou, mais dégage une impression de force. Il est assez costaud pour me battre mais il ne me paraît pas menaçant.

— Ben, merci, alors, reprend-il. Mais il n'y a rien qui brûle ici.

— Oui, je vois ça, dis-je. C'est quoi, cet endroit ?

— C'est chez moi, répond-il avec un sourire sans joie auquel il manque une dent. Je n'attendais pas de visite, désolé, je n'ai pas fait le ménage.

Mon regard se détache de lui pour se poser sur les boîtes de conserve.

— Vous devez beaucoup bouger la nuit, pour avoir besoin de toutes ces couvertures.

— Jamais vu un Pète-sec se mêler autant des affaires des autres.

Il s'approche en fronçant les sourcils.

— Ta tête me dit quelque chose.

Je sais que je ne peux pas l'avoir déjà rencontré ; pas là où je vis, dans le quartier le plus morne de la ville, où des gens aux coupes de cheveux et aux vêtements tous pareils vivent dans des maisons toutes pareilles.

Puis je comprends : malgré tous les efforts déployés par mon père pour me tenir à l'écart, il n'en est pas moins un leader du conseil, l'une des personnalités les plus en vue de la ville, et je lui ressemble.

— Désolé de vous avoir dérangé, dis-je de mon ton le plus Altruiste. Je vais vous laisser.

— Je sais ! s'exclame l'homme. Tu ne serais pas le fils d'Evelyn Eaton ?

Je me raidis à la mention de ce nom. Je ne l'avais pas entendu depuis des années, parce que mon père refuse de le prononcer, qu'il refuse même de réagir quand il l'entend. Ça me fait un drôle d'effet de me retrouver soudain associé à elle, ne serait-ce que parce que je lui ressemble ; comme si j'enfilais un vieux vêtement qui ne m'allait plus.

— Comment vous la connaissiez ? demandé-je.

Et il a dû bien la connaître, pour retrouver son visage mat aux yeux noirs dans le mien, pâle aux yeux bleus. La plupart des gens ne nous regardaient pas assez pour voir tout ce qui nous était commun : les longs doigts, le nez busqué, les sourcils naturellement froncés.

Il hésite un peu.

— Chez les Altruistes, elle se portait parfois volontaire pour les distributions de nourriture, de vêtements, de couvertures. Elle avait une tête qu'on n'oublie pas et elle était la femme d'un leader du conseil. Tout le monde la connaissait, non ?

Quelquefois, je sais que les gens mentent rien qu'à la façon dont leurs paroles résonnent en moi, avec cette espèce de grincement que doit entendre un Érudit quand quelqu'un fait une faute de grammaire. Si cet homme a connu ma mère, ce n'est sûrement pas juste parce qu'elle lui a tendu un jour un bol de soupe. Mais je suis si avide qu'on me parle d'elle que je ne cherche pas plus loin.

— Elle est morte, dis-je. Depuis des années.

Les coins de sa bouche retombent un peu.

— Je ne savais pas. Je suis désolé de l'apprendre.

Ça me fait drôle de me trouver dans cet appartement humide qui sent la sueur et la fumée, au milieu de ces boîtes de conserve suggérant la pauvreté et l'impossibilité de s'en sortir. Mais l'endroit dégage aussi quelque chose d'attirant, une liberté, un refus d'appartenir à ces catégories arbitraires que nous nous sommes fabriquées.

— Ton Choix doit avoir lieu demain, pour que tu aies l'air aussi tendu, me dit l'homme. Quelle faction as-tu obtenue ?

— Je ne dois le dire à personne, répliqué-je mécaniquement.

— Justement, je ne suis personne. C'est ça, être un sans-faction.

Je ne réponds pas pour autant. L'interdiction de partager le résultat du test d'aptitudes, comme tous mes autres secrets, est profondément incrusté dans le moule qui me construit et me reconstruit jour après jour. Je ne peux plus le changer.

— Ah, un légaliste, fait-il d'un ton déçu. Ta mère m'a dit un jour qu'à son avis, c'était la passivité qui l'avait conduite chez les Altruistes. C'était le chemin de la moindre résistance. (Il hausse les épaules.) Tu peux me croire quand je te dis que ça vaut la peine de résister, jeune Eaton.

Je sens la colère monter. Il n'a pas à me parler de ma mère comme si elle lui appartenait, à lui et non à moi, ni à me faire remettre en question tous les souvenirs que j'ai d'elle sous prétexte qu'elle lui aurait servi un jour un bol de soupe. Il n'a pas à me dire quoi que ce soit ; il n'est personne, un sans-faction, un hors-caste, rien.

— Ah ouais ? Ben regardez où ça mène. À vivre dans des immeubles délabrés en se nourrissant de boîtes de conserve.

Je me dirige vers la porte par laquelle l'homme est apparu. Je trouverai bien une issue à l'arrière, et peu importe où elle débouche tant que ça me permet de filer d'ici.

Je me fraye un chemin entre les couvertures. Quand j'atteins le couloir, l'homme lance dans mon dos :

— Je préfère manger des restes que vivre asphyxié par une faction.

Je pars sans me retourner.

+++

De retour chez moi, je reste assis quelques minutes sur les marches du perron, en inspirant de grandes goulées d'air printanier.

C'est ma mère qui m'a appris à voler des petits moments comme ceux-là, des moments de liberté, même si elle l'ignorait. Je la regardais en prendre elle-même, se glisser la nuit par la porte de derrière une fois que mon père dormait et revenir sur la pointe des pieds quand le soleil apparaissait derrière les immeubles. Elle s'évadait même quand elle était avec nous, penchée au-dessus de l'évier, les yeux fermés, si loin de l'instant présent qu'elle ne m'entendait même pas quand je lui parlais.

Mais j'ai aussi appris autre chose en l'observant, c'est que les moments de liberté ont toujours une fin.

Je me lève en essuyant la poussière de ciment sur mon pantalon à pinces gris et je pousse la porte d'entrée. Mon père est assis dans le fauteuil du salon, entouré de papiers. Je me redresse de toute ma hauteur pour qu'il ne puisse pas me reprocher de me tenir voûté. Je me dirige vers l'escalier. J'ai peut-être une chance de réussir à monter dans ma chambre sans qu'il remarque ma présence.

— Parle-moi de ton test d'aptitudes, me lance-t-il en me montrant le canapé.

Je traverse la pièce en enjambant prudemment une pile de feuilles posée sur la moquette et je m'assois à l'endroit désigné, tout au bord du coussin, pour pouvoir me relever le plus vite possible.

— Alors ?

Mon père retire ses lunettes et me regarde d'un air rempli d'attente. J'entends la tension dans sa voix, celle qui n'y est qu'après une lourde journée de travail. J'ai intérêt à me méfier.

— Tu as eu quel résultat ?

Je ne songe même pas à refuser de lui répondre.

— Altruiste.

— Et rien d'autre ?

Je fronce les sourcils.

— Non, évidemment.

— Ne me regarde pas comme ça.

J'efface mon froncement de sourcils.

— Il ne s'est rien passé de bizarre au cours du test ?

En fait, si, pendant le test, je savais où j'étais. Tout en me retrouvant soudain projeté dans la cafétéria de mon lycée, je savais qu'en réalité, j'étais prostré sur une chaise de la salle du test d'aptitudes, relié à une machine par tout un réseau de fils. Ça, c'était bizarre. Mais je n'ai pas envie de lui en parler maintenant, alors que je vois la tension monter en lui comme un ouragan.

— Non, dis-je.

— Ne me mens pas.

Il me saisit le bras dans l'étau de ses doigts. Je fuis son regard.

— Je ne mens pas. J'ai obtenu « Altruiste », comme prévu. C'est tout juste si l'examinatrice m'a regardé sortir de la salle. Je te jure.

Il me lâche. Je sens le sang battre dans mes veines là où il a serré.

— Bien. Je suppose que tu as besoin de réfléchir un peu à tout ça. Monte dans ta chambre.

— Oui, père.

Je me lève et retraverse le salon, soulagé.

— Oh, ajoute-t-il, des collègues membres du conseil passent me voir ce soir. Tu devras dîner tôt.

— Oui, père.

+++

Avant le coucher du soleil, je vais chercher de quoi manger dans la cuisine : deux petits pains et des carottes crues avec leurs fanes, un morceau de fromage et une pomme, un reste de poulet, sans assaisonnement. Tout a le même goût, un goût de poussière pâteuse. Je garde les yeux rivés sur la porte pour ne pas tomber sur les collègues de mon père. Il n'apprécierait pas que je sois encore en bas à leur arrivée.

Je suis en train de boire un verre d'eau quand le premier se présente à la porte, et je me dépêche de traverser le salon pour regagner ma chambre. Mon père attend, la main sur la poignée. Il me regarde contourner la rampe d'escalier en haussant les sourcils et me désigne les marches d'un coup de menton. Je monte en courant tandis qu'il ouvre.

— Bonjour, Marcus.

Je reconnais la voix d'Andrew Prior. C'est l'un des plus proches collègues de mon père ; ce qui n'a pas de sens, parce que personne n'est *vraiment* proche de mon père. Pas même moi.

J'observe Andrew depuis le palier. Il s'essuie les pieds sur le paillasson. Je les vois parfois, lui et sa famille : l'image parfaite de la famille Altruiste, Natalie et Andrew, leur fils et leur fille – l'un et l'autre deux classes après moi au lycée, bien qu'ils aient un an d'écart – qui marchent tous les quatre posément sur le trottoir en saluant les passants d'un signe de tête. Natalie supervise toutes les opérations de bénévolat des Altruistes auprès des sans-faction. Ma mère a dû la connaître, même si elle participait rarement à la vie sociale de la communauté, préférant garder ses secrets comme je garde les miens, cachés derrière les murs de cette maison.

Le regard d'Andrew croise le mien et je file dans ma chambre en refermant la porte derrière moi.

A priori, ma chambre paraît aussi nue et propre que n'importe quelle pièce d'un logement d'Altruiste. Mes draps et mes couvertures grises sont soigneusement tirés sur le mince matelas, ma pile de livres forme une tour parfaite sur mon bureau en contreplaqué. Mes vêtements, dont chaque pièce existe en plusieurs exemplaires identiques, sont rangés dans une modeste commode près de la petite fenêtre, qui ne laisse passer qu'un maigre rayon de soleil en fin de journée. Cette fenêtre donne sur la maison des voisins, copie conforme de la nôtre, trois mètres plus loin.

Je comprends comment la passivité a pu conduire ma mère chez les Altruistes, du moins si le sans-faction n'a pas menti. Je me vois vivre la même chose, demain, lorsque je me tiendrai devant les coupes des factions, un couteau à la main.

Parmi les cinq factions, il y en a quatre auxquelles je ne me fierais pas, que je ne connais mal et dont je ne comprends pas les usages, et une seule qui me soit familière, prévisible, décodable. Si le choix de la faction Altruiste ne me promet pas une vie de bonheur extatique, au moins, elle me garantit la facilité.

Je réfléchis, assis au bord de mon lit. « Non, c'est faux. » Je ravale cette pensée, parce qu'elle vient de l'enfant en moi qui a peur de l'homme assis en bas, dans le salon. Cet homme dont je connais mieux les poings que les caresses.

Je m'assure que la porte est bien fermée et je cale la chaise de mon bureau sous la poignée par sécurité. Puis je m'accroupis à côté de mon lit pour tirer le coffre que je garde sous le sommier.

Ma mère me l'a donné quand j'étais petit, en disant à mon père qu'elle l'avait trouvé dans la rue et que c'était pour y ranger les couvertures de rechange. Mais quand elle l'a apporté dans ma chambre, ce n'était pas pour y ranger des couvertures. Elle a fermé la porte, mis un index sur ses lèvres et posé le coffre sur mon lit pour l'ouvrir.

Dans le coffre se trouvait une petite sculpture en verre bleu qui représentait une sorte de cascade, limpide, polie, sans défaut.

— Ça sert à quoi ? lui avais-je demandé.

— En apparence, à rien, m'avait-elle répondu avec un sourire, mais un sourire crispé, comme si elle avait peur de quelque chose. Mais ça peut peut-être faire quelque chose là.

Et elle avait posé la main sur son cœur.

— Les belles choses ont parfois ce pouvoir.

Depuis, j'ai rempli ce coffre d'objets que d'autres jugeraient inutiles : une vieille paire de lunettes sans verres, des fragments de cartes mères, des bougies d'allumage, des fils dénudés, le goulot cassé d'une bouteille, une lame de couteau rouillée. Je ne sais pas si ma mère les aurait trouvés beaux, ni même si, moi, je les trouve beaux. Mais tous, comme la statuette, me semblent précieux et porteurs de secrets, ne serait-ce que parce qu'ils n'intéressent personne.

Au lieu de penser aux résultats du test d'aptitudes, je prends un à un chacun de ces objets et je les retourne dans ma main jusqu'à en avoir mémorisé chaque millimètre carré.

+++

Je suis réveillé en sursaut par le bruit des pas de Marcus dans le couloir. Le contenu du coffre est éparpillé sur le drap autour de moi. Ses pas s'approchent, ralentissent. À la hâte, je ramasse les bougies d'allumage, les morceaux de cartes mères et les fils électriques, je les jette dans le coffre, je le referme et je range la clé dans ma poche. À la dernière seconde, alors que la poignée de la porte commence à tourner, je me rends compte que j'ai oublié la statuette et je la fourre sous mon oreiller tout en glissant le coffre sous mon lit.

Puis je plonge vers la chaise pour dégager la porte et ouvrir à mon père.

Il entre en jetant un coup d'œil soupçonneux sur la chaise que je tiens dans les mains.

— Qu'est-ce que tu fais avec ça ? Tu voulais m'empêcher d'entrer ?

— Non, père.

— C'est la deuxième fois que tu me mens aujourd'hui. Je n'ai pas élevé mon fils pour qu'il devienne un menteur.

— Je...

Comme je ne trouve strictement rien à répondre, je referme la bouche et je vais reposer la chaise à sa place devant mon bureau, juste derrière la tour impeccable que forment mes livres de cours.

— Qu'est-ce que tu fabriquais ici, en cachette ?

Je crispe les doigts sur le dossier de la chaise, le regard fixé sur mes livres.

— Rien, dis-je à voix basse.

— Ça fait trois mensonges, réplique-t-il d'une voix sourde, dure comme du silex.

Il fait un pas vers moi et je recule instinctivement. Mais au lieu de m'attraper, il tire le coffre de sous mon lit et essaie de soulever le couvercle, sans succès.

La peur me vrille les tripes comme une lame. Je pince l'ourlet de ma chemise, mais je ne sens plus mes doigts.

— Ta mère prétendait qu'elle y rangeait des couvertures. Soi-disant parce que tu avais froid la nuit. La question que je me suis toujours posée, c'est : s'il ne contient que des couvertures, pourquoi le fermer à clé ?

Il tend sa main ouverte et me fixe en haussant les sourcils.

Il veut la clé. Et je suis obligé de la lui donner, parce qu'il peut voir quand je mens. Il peut tout voir de moi. Je la prends et la dépose dans sa main. Maintenant, je ne sens plus mes paumes et ma respiration se fait hachée, comme toujours quand je sais qu'il est sur le point d'exploser.

Je ferme les yeux tandis qu'il ouvre le coffre.

— Qu'est-ce que c'est que ça ?

Sa main fouille sans ménagement dans mes trésors, les dispersant de tous côtés. Il les prend un à un pour les jeter sur moi.

— À quoi ça sert, ça, hein ? Et ça ?

Je tressaille à chaque objet qu'il me jette, et je reste sans réponse. Ça ne sert à rien. Aucun de ces objets ne sert à rien.

— Ça *empeste* l'égoïsme et la futilité ! crie-t-il. Je ne te laisserai pas corrompre cette maison !

Il pousse le coffre et tout son contenu se déverse par terre.

Je ne sens plus mon visage non plus.

Ses mains heurtent ma poitrine et je vais me cogner les reins contre la commode. Il lève la main pour me frapper et je parviens à articuler, la gorge serrée par la peur :

— La cérémonie du Choix, papa !

Il suspend son geste et je tremble devant lui, recroquevillé contre la commode, la vision brouillée par les larmes. Il essaie généralement de ne pas m'abîmer le visage, en particulier la veille des journées comme celle de demain, où je serai au centre des regards au moment de faire mon choix.

Il abaisse la main et, l'espace d'une seconde, je crois que la violence est passée, sa colère apaisée. Puis il me dit :

— Très bien. Attends-moi ici.

Je m'appuie contre la commode. Je le connais trop bien pour

espérer qu'il va me laisser, qu'il est parti se calmer et qu'il va revenir en s'excusant. Il ne le fait jamais.

Il va revenir avec une ceinture et les sillons qu'elle gravera dans mon dos resteront cachés sous ma chemise, sous ma docile expression d'Altruiste.

Je me retourne, le corps secoué par un frisson. Je m'agrippe à la commode et j'attends.

+++

Cette nuit-là, je dors sur le ventre, la douleur mordant sur chacune de mes pensées, toutes mes possessions brisées et éparpillées par terre. Après m'avoir frappé à me faire mordre mon poing pour me retenir de hurler, il a piétiné chaque objet jusqu'à le réduire en miettes et projeté le coffre contre le mur. Les charnières du couvercle se sont brisées.

Une pensée surgit dans ma tête : « Si tu choisis les Altruistes, tu ne lui échapperas jamais. »

J'enfonce le visage dans mon oreiller.

Mais je n'ai pas la force de lutter contre cette passivité d'Altruiste, cette peur qui me pousse sur la voie que mon père a tracée pour moi.

+++

Le lendemain matin, je prends une douche froide, non pour économiser l'énergie comme le préconisent les Altruistes, mais parce que ça m'anesthésie le dos. J'enfile lentement mes vêtements ternes d'Altruiste et je me campe devant le miroir du palier pour me couper les cheveux.

— Laisse-moi faire, me dit mon père du bout du couloir. C'est le jour du Grand Choix, après tout.

Je pose la tondeuse sur le rebord du panneau coulissant et j'essaie de me tenir droit. Il se place derrière moi, et je détourne les yeux tandis que l'appareil se met à bourdonner. Le réglage du sabot est fixe ; il n'existe qu'une longueur de cheveux acceptable pour un Altruiste. Je me crispe quand il pose les doigts sur ma tête pour la stabiliser et je prie pour qu'il ne l'ait pas remarqué, qu'il n'ait pas vu que le moindre contact avec lui me terrifie.

— Tu te rappelles comment ça va se passer ? me demande-t-il.

Il couvre le haut de mon oreille d'une main en passant la tondeuse autour. Aujourd'hui, il se soucie de protéger mon oreille, alors qu'hier, il est allé chercher une ceinture pour me frapper. Cette pensée fait son chemin en moi comme du poison. C'est presque drôle. J'aurais presque envie d'en rire.

— Tu resteras à ta place jusqu'à ce qu'on t'appelle. Là, tu t'avanceras pour prendre le couteau. Ensuite, tu t'entailleras la main et tu feras couler ton sang dans la bonne coupe.

Nos regards se croisent dans le miroir et sa bouche se fige dans un demi-sourire. Il me touche l'épaule, et je me rends compte qu'on est presque de la même taille, maintenant, bien que je me sente encore bien plus petit que lui.

Il ajoute doucement :

— La douleur ne durera qu'un instant. Ensuite, ton choix sera fait et ce sera fini.

Je me demande s'il se rappelle seulement l'épisode d'hier, ou s'il l'a déjà remisé dans un tiroir de son esprit, en séparant soigneusement son visage de monstre de son visage de père. Moi qui n'ai pas ces tiroirs, je vois toutes ces couches d'identité qui se superposent chez lui : le monstre, le père, l'homme, le veuf, le leader du conseil.

Et tout à coup, mon cœur bat si fort, mes joues sont si brûlantes que c'en est presque intolérable.

— Ne t'en fais pas pour la douleur, dis-je. Je suis rodé.

L'espace d'une seconde, ses yeux me lancent des éclairs dans le miroir et mon accès de rage s'évanouit, laissant place à la peur. Mais il se contente d'éteindre la tondeuse avant de descendre l'escalier en me laissant le soin de balayer les mèches de cheveux tombées par terre, de brosser mon cou et mes épaules et de ranger la tondeuse dans son tiroir, dans la salle de bains.

Je retourne dans ma chambre, où je regarde les objets cassés qui jonchent toujours le parquet. Précautionneusement, j'en fais un petit tas que je dépose dans la corbeille à côté de mon bureau. Je me relève avec une grimace de douleur. J'ai les jambes qui tremblent.

À cette minute, face au vide de ma vie et aux débris du peu que je possédais, je me dis qu'il faut que je me sorte de là.

Je sens résonner cette pensée en moi avec la puissance d'une cloche, et je la répète : *il faut que je me sorte de là.*

Je m'approche du lit et je glisse la main sous mon oreiller, où la statuette de ma mère est restée à l'abri, intacte, et luit maintenant dans la lumière du matin. Je la pose sur le bureau à côté de la pile de livres et je quitte ma chambre en refermant la porte derrière moi.

Une fois en bas, je suis trop nerveux pour manger, mais j'avale un bout de pain pour que mon père ne me pose pas de questions. Je n'ai pas à m'inquiéter ; il fait comme si je n'existais pas, comme s'il ne me voyait pas grimacer chaque fois que je dois faire un mouvement pour prendre quelque chose.

Il faut que je me sorte de là. C'est devenu un mantra, la seule chose à laquelle je puisse encore me raccrocher.

Mon père termine de lire les nouvelles publiées par les Érudits pendant que je finis la vaisselle, et on quitte la maison ensemble, sans un mot. Sur le trottoir, il salue les voisins en souriant. Tout est toujours parfaitement en ordre dans la vie de Marcus Eaton, à part son fils. À part moi. Je ne suis pas en ordre, je suis dans la confusion permanente.

Mais aujourd'hui, je m'en réjouis.

On monte dans le bus, où l'on reste debout pour laisser les sièges aux autres, en bons Altruistes pleins d'égards que nous sommes. Je regarde les passagers monter, des Sincères qui parlent fort, des Érudits à l'air concentré. Je vois d'autres Altruistes se lever pour céder leur place. Tout le monde se rend au même endroit aujourd'hui : à la Ruche, dont le pilier noir se dresse au loin, transperçant le ciel de ses deux piques.

Tandis qu'on se dirige vers l'entrée après être descendus du bus, mon père garde une main posée sur mon épaule, provoquant des élancements de douleur dans tout mon corps.

Il faut que je me sorte de là.

C'est une pensée désespérée, et la douleur qui me lance à chaque marche de l'escalier qui mène à la salle de la cérémonie du Choix ne fait que l'aiguillonner. Je me bats pour respirer, mais ce n'est pas à cause de l'effort de la montée. C'est à cause de mon cœur, mon cœur faible qui devient plus fort à chaque seconde qui passe. À côté de moi, Marcus essuie son front en sueur et tous les autres Altruistes serrent les lèvres pour ne pas respirer trop bruyamment, de peur d'avoir l'air de se plaindre.

Je lève les yeux vers les marches devant moi et je suis embrasé par cette pensée, ce besoin, cette chance de m'échapper.

On arrive en haut et tout le monde s'arrête pour reprendre son souffle avant d'entrer. La salle est sombre, avec des fenêtres obscurcies, et les chaises sont disposées en cercle autour des coupes qui contiennent respectivement du verre, de l'eau, des galets, des charbons ardents et de la terre. Je prends ma place, entre une Altruiste et un Fraternel. Marcus se tient en face de moi.

— Tu sais ce que tu dois faire, me dit-il, plus comme s'il se parlait à lui-même qu'à moi. Tu sais quel est le bon choix, j'en suis sûr.

Je fixe le regard quelque part en dessous de ses yeux.

— À tout à l'heure, ajoute-t-il.

Il se dirige vers la section des Altruistes et s'installe au premier rang, avec d'autres chefs du conseil. Peu à peu, la salle se remplit. Ceux qui vont faire leur choix restent debout en bordure de la pièce, tandis que le public s'assoit autour du cercle formé par les cinq coupes. On ferme les portes. Un moment de silence s'ensuit tandis que le représentant au conseil des Audacieux s'approche de l'estrade. Il s'appelle Max. Il replie les doigts sur le bord du podium et je vois, même du fond de la pièce, qu'ils sont écorchés.

Apprend-on à se battre chez les Audacieux ? Sûrement.

— Bienvenue à la cérémonie du Choix, déclare Max, emplissant la salle de sa voix grave.

Il n'a pas besoin de micro. Il parle assez fort pour que ses paroles pénètrent dans mon crâne et s'enroulent autour de mon cerveau.

— Aujourd'hui, vous allez choisir votre faction. Jusqu'ici, vous avez suivi le chemin que vous ont tracé vos parents, et les règles de vos parents. Aujourd'hui, vous allez trouver votre propre chemin, établir vos propres règles.

Je peux presque voir mon père serrer les lèvres avec dédain devant un discours aussi typiquement Audacieux. Je connais si bien ses réactions que je pourrais l'imiter, bien que je ne partage pas son sentiment. Je n'ai pas d'opinion préconçue sur les Audacieux.

— Il y a très longtemps, nos ancêtres ont compris que chacun d'entre nous, chaque individu, était responsable du mal qui existe dans le monde. Mais ils n'étaient pas d'accord sur la cause de ce mal. Selon les uns, c'était la malhonnêteté.

Je songe aux mensonges que j'ai dits, année après année, sur telle ou telle de mes contusions ou de mes coupures, à tous les mensonges par omission que j'ai dits pour protéger le secret de Marcus.

— Selon d'autres, c'était l'ignorance, ou l'agressivité...

Je songe à la paix des vergers des Fraternels, à la liberté que j'y trouverais, loin de la violence et de la cruauté.

— Pour d'autres encore, la source du mal était l'égoïsme.

« C'est pour ton bien. » C'est ce que me dit Marcus avant chaque coup. Comme si me frapper était un sacrifice. Comme si ça lui coûtait. En tout cas, je ne l'ai pas vu, lui, marcher en boitant ce matin dans la cuisine.

— Et le dernier groupe incriminait la lâcheté.

Quelques cris d'approbation suivis de rires fusent du groupe des Audacieux. Je repense à la peur qui m'a englouti la veille au soir, au point de paralyser mes sensations et de bloquer ma respiration. Je repense aux années qui m'ont réduit à un tas de poussière sous le talon de mon père.

— C'est ce qui nous a amenés à créer les factions : Sincères, Érudits, Fraternels, Altruistes et Audacieux, conclut Max avec un sourire. Elles produisent des gestionnaires, des enseignants, des conseillers, des leaders et des protecteurs. Elles nous donnent un sentiment d'appartenance, un sentiment de communauté, et modèlent nos vies. (Max s'éclaircit la gorge.) Mais assez parlé. Passons aux choses sérieuses. Avancez-vous, prenez votre couteau et faites votre choix. J'appelle Zellner, Gregory.

Il me paraît approprié que la douleur accompagne le passage de mon ancienne à ma nouvelle vie, quand la lame du couteau s'enfoncera dans ma paume. Mais j'ignore toujours quelle faction je vais choisir comme refuge. Gregory Zellner tend sa main ensanglantée au-dessus de la coupe remplie de terre des Fraternels.

Les Fraternels semblent être le choix le plus logique, avec leur vie paisible, leurs vergers parfumés, leur communauté souriante. Chez eux, je trouverais le genre d'acceptation qui me manque depuis si longtemps, et peut-être qu'avec le temps, ils m'apprendraient à trouver mon équilibre, à me sentir à l'aise avec moi-même.

Mais en les regardant, dans leurs tenues rouges et jaunes, je vois des individus sains, complets, capables de s'encourager et de se soutenir les uns les autres. Ils sont trop parfaits, trop gentils pour que quelqu'un comme moi soit précipité dans leurs bras par la rage et la peur.

La cérémonie avance trop vite.

— Rogers, Helena.

Elle choisit les Sincères.

Je sais ce qui se passe durant l'initiation des Sincères. Je l'ai entendu murmurer un jour au lycée. Je serais obligé d'exposer tous mes secrets en les déterrant avec mes ongles. Je serais obligé de m'écorcher vif pour intégrer leur faction. Non, je ne peux pas faire ça.

— Lovelace, Frederick.

Frederick Lovelace, tout de bleu vêtu, s'entaille la paume et laisser couler son sang dans l'eau des Érudits, qui rougit. J'ai les capacités d'apprentissage requises pour les Érudits, mais je me connais assez pour savoir que je suis trop instable, trop émotif pour vivre parmi eux. J'y étoufferais ; ce que je cherche, c'est la liberté, pas une nouvelle prison.

En un clin d'œil, c'est le tour de ma voisine Altruiste :

— Erasmus, Anne.

Anne – encore une qui n'a jamais trouvé plus de quelques mots à me dire – se lève en trébuchant et avance dans l'allée jusqu'à l'estrade. Elle prend le couteau d'une main tremblante, se coupe le gras de la paume et tend la main au-dessus de la coupe des Altruistes. C'est facile pour elle. Elle n'a rien à fuir, juste une communauté bienveillante à retrouver. D'ailleurs, cela fait des années qu'aucun Altruiste n'a choisi de quitter sa communauté. C'est la faction la plus fidèle, en termes de statistiques de cérémonie du Choix.

— Eaton, Tobias.

Je me sens calme tandis que je remonte l'allée jusqu'aux coupes, bien que je n'aie toujours pas fait mon choix. Max me tend le couteau et je replie les doigts autour du manche. Il est lisse et frais, et la lame est propre. Un nouveau couteau pour chacun, et un nouveau choix.

En me dirigeant vers le centre de la pièce, je passe devant Tori, celle qui a supervisé mon test d'aptitudes. « Tu devras vivre avec ton choix », m'a-t-elle dit hier. Ses cheveux attachés dévoilent un tatouage qui sinue de sa clavicule jusqu'à son cou. Ses yeux s'attardent sur moi avec insistance et je la fixe en retour, sans ciller, en m'arrêtant au milieu des coupes.

Avec quel choix puis-je vivre ? Pas les Érudits, ni les Sincères. Ni les Altruistes, que je cherche à fuir. Pas même les Fraternels, auxquels je suis trop abîmé pour appartenir. La vérité, c'est que je veux que mon choix poignarde mon père en plein cœur, qu'il le transperce avec la pire souffrance, la pire honte, la pire déception possible.

Un seul choix peut accomplir cela.

Je le regarde et il hoche la tête. J'enfonce la lame dans ma paume, si profondément que la douleur me fait monter les larmes aux yeux. Il a les mêmes yeux que moi, d'un bleu si sombre que dans la mi-ombre, comme ici, ils semblent presque noirs, comme des trous dans son crâne. Mon dos me lance, le tissu de ma chemise râpe ma peau à vif, ma peau qu'il a labourée à coups de ceinture.

J'ouvre ma paume au-dessus des charbons. J'ai la sensation qu'ils brûlent dans mon ventre, qu'ils me remplissent à ras bord de feu et de fumée.

Je suis libre.

+++

Je n'ai pas entendu les acclamations des Audacieux. Seulement le bourdonnement de mes oreilles.

Ma nouvelle faction s'avance vers moi en s'étirant, car elle est comme une créature aux bras multiples. Je m'en approche, sans oser me retourner pour voir le visage de mon père. Je reçois des tapes amicales et je prends place dans le groupe en sentant mon pouls battre au bout de mes doigts.

J'attends avec les autres novices, à côté d'un Érudit aux cheveux bruns qui me toise et me renvoie d'un simple coup d'œil à mon insignifiance. Je ne dois pas avoir fière allure dans mes vêtements gris d'Altruiste, amaigri par ma poussée de croissance de l'an dernier. Le sang continue de couler de mon entaille, dégouline le long de mon poignet et goutte par terre. J'y suis allé un peu fort avec le couteau.

Pendant que le dernier de la liste fait son choix, je déchire l'ourlet de ma chemise pour l'enrouler autour de ma main et arrêter le saignement. Je n'aurai plus besoin de ces vêtements.

C'est fini. Les Audacieux assis devant nous se lèvent et se précipitent vers la sortie en m'emportant avec eux. Je ne peux pas m'empêcher de me retourner juste avant de franchir la porte, et je vois mon père toujours assis au premier rang, entouré par un petit noyau d'Altruistes. Il a l'air sonné.

Je m'autorise un petit sourire satisfait. J'ai réussi ; *moi,* j'ai fait naître cette expression sur son visage. Je ne suis pas le parfait fils Altruiste, voué à être gobé tout cru par le système et à se dissoudre dans la masse. Je suis le premier transfert Altruiste-Audacieux depuis plus de dix ans.

Je cours pour rattraper les autres. En chemin, je déboutonne ma chemise déchirée et je la laisse tomber par terre. Le tee-shirt gris que je porte en dessous est trop grand lui aussi, mais plus sombre, et se fond mieux avec le noir des Audacieux.

Ils dévalent les escaliers, poussent les portes à toute volée, rient, crient. Mon dos, mes épaules, mes poumons, mes jambes me brûlent, et soudain je doute du choix que j'ai fait, de ces gens auxquels je me suis lié, si bruyants, si sauvages ! Est-ce que je pourrai vraiment trouver ma place parmi eux ? Je n'en sais rien.

J'imagine que je n'ai plus le choix.

Je me fraye un passage à travers la foule à la recherche des autres novices, mais ils semblent avoir disparu. Je me déporte sur le côté en espérant apercevoir la direction qu'on prend, et je vois les rails de la voie ferrée suspendus au-dessus de la rue devant nous, dans une cage à claire-voie en bois et en métal. Les Audacieux montent les escaliers et se déversent sur le quai. Au bas des marches, la cohue est telle que je ne peux plus avancer, mais j'ai peur de rater le train si je ne me dépêche pas et je me décide à pousser. Je serre les dents pour ne pas m'excuser en écartant les gens à coups de coude, et le mouvement général me pousse vers le haut de l'escalier

— Tu ne t'en tires pas si mal, me dit Tori en se glissant à côté de moi sur le quai. En tout cas pour un Altruiste.

— Merci.

— Tu sais ce qui va se passer maintenant, non ?

Elle se tourne pour me désigner une lumière au loin, fixée à l'avant d'un train qui arrive.

— Il ne s'arrête pas. Il ralentit juste un peu. Si tu n'arrives pas à grimper, c'est fini pour toi. Tu deviens un sans-faction. Ça suffit pour se faire éjecter.

Je hoche la tête. Je ne suis pas étonné que l'épreuve d'initiation ait déjà commencé, qu'elle ait commencé à la seconde où on a quitté la cérémonie du Choix. Et je ne suis pas non plus étonné que les Audacieux me demandent de faire mes preuves. Je regarde le train qui se rapproche – on l'entend maintenant qui grince sur les rails.

Tori me regarde avec un grand sourire.

— Tu vas te sentir comme un poisson dans l'eau, toi, ici.

— Qu'est-ce qui te fait dire ça ?

Elle hausse les épaules.

— Oh, juste le fait que tu es visiblement prêt à te battre.

Le train fonce sur nous dans un bruit de tonnerre et les

Audacieux commencent à se jeter dedans. Tori court en bordure du quai et je la suis, copiant sa position et ses mouvements quand elle se prépare à sauter. Elle saisit la poignée d'une portière et se propulse à l'intérieur. Je l'imite, en cafouillant un peu avant d'assurer ma prise et de me hisser d'un coup sec dans le wagon.

Mais je ne n'ai pas anticipé le virage, qui m'envoie me cogner la figure contre la paroi métallique. Je plaque une main sur mon nez endolori.

— Il faut y aller en douceur, me recommande un Audacieux.

Plus jeune que Tori, il a le teint mat et un sourire détendu.

— Ce genre de subtilité, c'est bon pour ces frimeurs d'Érudits, rétorque Tori. Il a réussi à monter, Amar, c'est le principal.

— N'empêche qu'il devrait être dans l'autre wagon, avec les novices, signale Amar.

Il m'examine, mais pas comme l'a fait le transfert Érudit tout à l'heure. Il paraît plutôt intrigué qu'autre chose, comme si j'étais une curiosité qu'il devait étudier attentivement pour la comprendre.

— Enfin, si c'est un ami à toi, on dira que c'est bon. C'est quoi, ton nom, le Pète-sec ?

Je m'apprête à lui dire, comme je l'ai fait toute ma vie, que je m'appelle Tobias Eaton. Ça devrait sortir tout seul. Mais à cet instant, il m'est insupportable de prononcer mon nom à voix haute. Pas ici, parmi des gens dont j'espère qu'ils peuvent devenir mes nouveaux amis, ma nouvelle famille. Je ne peux plus – je ne veux plus – être le fils de Marcus Eaton.

— Appelle-moi Pète-sec si ça t'amuse, dis-je, cherchant à imiter le ton bravache des Audacieux, que je n'ai entendu jusqu'ici que dans les couloirs du lycée.

Le train accélère et le vent qui s'engouffre dans le wagon rugit dans mes oreilles avec un bruit de tonnerre.

Tori me regarde d'un drôle d'air et, pendant quelques secondes, j'ai peur qu'elle ne dise à Amar comment je m'appelle. Mais elle se contente de hocher la tête. Soulagé, je me tourne vers l'extérieur devant la portière ouverte, sans lâcher la poignée.

Il ne m'était jamais venu à l'esprit que je pourrais refuser de donner mon nom, ou en donner un autre, me forger une nouvelle identité. Ici, je suis libre, libre d'envoyer les gens balader, libre de leur dire non, et même de mentir.

Sous mes pieds, je distingue la rue quelques mètres en dessous de nous, entre les poutrelles en bois qui soutiennent les rails. Mais devant, les anciens rails sont remplacés par de nouveaux et les quais s'élèvent et s'enroulent autour des toits des immeubles. La pente est progressive et m'aurait échappé si je n'avais pas été en train de fixer le sol tandis qu'on s'en élève, de plus en plus haut vers le ciel.

La peur me liquéfie les jambes et je m'éloigne de la portière pour aller m'accroupir contre l'une des parois, en attendant d'arriver à ma destination inconnue.

+++

Je suis toujours dans la même position – accroupi contre la paroi, la tête enfouie entre mes mains –, quand Amar attire mon attention d'un léger coup de pied dans la cheville.

— Debout, Pète-sec, me dit-il, sans méchanceté. C'est bientôt le moment de sauter.

— De sauter ?

— C'est ça, confirme-t-il avec un sourire un peu narquois. Ce train ne s'arrête pas.

Je me relève d'une poussée sur les jambes. Le bout de tissu que j'ai enroulé autour de ma main est trempé de sang. Tori se poste derrière moi et me pousse vers la portière.

— Laissez le novice sauter en premier ! crie-t-elle.

— Qu'est-ce que tu fais ? lui demandé-je entre mes dents.

— Je te rends service ! me réplique-t-elle avec une nouvelle poussée.

Les autres Audacieux s'écartent en souriant, se délectant par avance de ce qui va suivre, comme si j'étais leur petit-déjeuner.

Je gagne la portière en traînant les pieds et je serre la poignée si fort que mes doigts commencent à s'engourdir. Je repère l'endroit où je suis censé sauter : un peu plus loin, la voie ferrée longe le toit d'un immeuble avant de prendre un virage. L'espace qui les sépare semble relativement étroit, mais ne fait que s'élargir à mesure qu'on se rapproche, et je vois augmenter la probabilité de ma mort imminente.

Je suis pris de tremblements en voyant les Audacieux des wagons de tête se jeter dans le vide. Aucun ne manque son but, mais ça ne veut pas dire que je ne serai pas le premier. Je me force à desserrer ma prise sur la poignée, je fixe le toit et je me propulse à l'extérieur de toutes mes forces.

L'impact envoie une onde de choc dans tout mon corps. Je tombe à quatre pattes et le gravier s'enfonce dans ma paume blessée. Je regarde fixement mes doigts. J'ai l'impression que le temps vient de faire un bond en avant, et que la réalité du saut ne s'est imprimée ni sur ma rétine, ni dans ma mémoire.

— Dommage, lance quelqu'un dans mon dos. Ça m'aurait plu de voir une belle crêpe de Pète-sec étalée sur le gravier.

Je me redresse en position accroupie, sans lever la tête. Le toit tangue sous mes pieds. Je ne savais pas que la peur pouvait réellement donner le vertige.

Quoi qu'il en soit, je viens de réussir deux épreuves de l'initiation : sauter dans un train en marche, puis d'un train sur un toit. Reste une question : comment les Audacieux *descendent-ils* du toit ?

Une minute plus tard, Amar grimpe sur le rebord et j'ai la réponse : ils sautent.

Je ferme les yeux et me persuade que je ne suis pas là, à genoux sur le gravier au milieu de ces dingues couverts de tatouages. J'ai fait ce choix pour m'échapper, et c'est raté. Je ne trouverai ici qu'une nouvelle forme de torture, et il est trop tard pour faire marche arrière. Le seul espoir qu'il me reste est de survivre.

— Bienvenue chez les Audacieux ! nous lance Amar. Soit vous y affrontez vos peurs en tâchant de ne pas mourir en route, soit vous les quittez en ayant fait la preuve de votre lâcheté. Sans surprise, le taux de transfert n'est pas très élevé cette année.

Les Audacieux qui l'entourent lèvent le poing avec des cris de joie, semblant considérer comme un motif d'orgueil le fait que personne ne veuille intégrer leur faction.

— Le seul moyen d'entrer dans l'enceinte des Audacieux depuis ce toit est de passer par là, reprend Amar en écartant les bras pour embrasser le vide autour de lui.

Il porte son poids sur ses talons et décrit des moulinets avec les bras comme s'il perdait l'équilibre, avant de se rétablir avec un sourire. J'inspire profondément par le nez et garde l'air dans mes poumons.

— Comme d'habitude, je laisse aux novices l'occasion de sauter les premiers, qu'ils soient natifs ou transferts.

Il descend du rebord et désigne le vide en haussant les sourcils d'un air d'invite.

Le petit groupe de novices natifs des Audacieux amassé non loin du rebord échange des coups d'œil. Un peu plus loin se tiennent l'Érudit de tout à l'heure, une Fraternelle et trois Sincères, deux garçons et une fille. Nous ne sommes que six transferts.

L'un des natifs fait un pas en avant ; un garçon à la peau sombre qui appelle les acclamations de ses amis en levant les bras.

— Vas-y, Zeke ! crie une fille.

Il saute sur le rebord, mais il a mal calculé son élan. Il perd l'équilibre et bascule en avant. Il hurle quelque chose d'inintelligible et disparaît. La Sincère, les yeux écarquillés, étouffe un cri en plaquant une main sur sa bouche, mais les amis Audacieux de Zeke éclatent de rire. A priori, il n'aura pas eu l'heure de gloire qu'il escomptait.

Amar, le sourire aux lèvres, désigne de nouveau le rebord. Les natifs se mettent en rang, ainsi que l'Érudit et la Fraternelle. Je sais que je dois en faire autant, que je dois sauter, malgré ma peur. Je m'approche de la queue, aussi raide que si mes articulations étaient des boulons rouillés. Les yeux sur sa montre, Amar lance le signal des sauts à trente secondes d'intervalle.

La queue diminue, se dissout.

Soudain, plus de queue, il ne reste que moi. Je monte sur le rebord et j'attends le signal d'Amar. Au loin, le soleil se couche derrière les immeubles, qui, d'ici, dessinent un panorama que je ne connaissais pas. Une lumière dorée brille en bordure de l'horizon, et le vent qui remonte le long de l'immeuble soulève mes vêtements.

— Vas-y, me dit Amar.

Je ferme les yeux, tétanisé. Je ne peux pas sauter. À défaut, je me penche et me laisse tomber. Mon estomac descend d'un cran et mes bras et mes jambes brassent l'air à la recherche d'une prise, n'importe quoi ; mais il n'y a rien, rien que la chute, le vide, la quête désespérée de la terre ferme.

Puis je heurte un filet.

Il se replie autour de moi, m'enveloppant dans son maillage solide. Des mains me font signe sur le côté. Je rampe vers elles en m'accrochant au filet. J'atterris sur mes pieds sur une plate-forme en bois, et un homme à la peau sombre et aux jointures écorchées me sourit. C'est Max.

— Le Pète-sec ! s'exclame-t-il en m'assénant une tape dans le dos qui me fait tressaillir. Ravi que tu sois arrivé jusque-là. Va rejoindre les autres, Amar ne devrait pas tarder.

Derrière lui s'ouvre la bouche d'un tunnel aux parois en pierre. L'enceinte des Audacieux est souterraine ; je me serais plutôt attendu à ce qu'elle soit suspendue à une haute tour par un réseau de cordages fragiles ; une vision digne de mes pires cauchemars.

Je descends les marches laborieusement pour rejoindre les autres novices. Mes jambes semblent s'être remises à fonctionner. La Fraternelle me sourit.

— Je ne pensais pas que ce serait aussi marrant. Moi, c'est Mia. Ça va ?

— On dirait qu'il essaie de ne pas vomir, commente l'un des Sincères.

— Te retiens pas, mec, dit son copain. Ça mettrait un peu d'ambiance.

Ma réaction sort de nulle part :

— La ferme.

Et à ma surprise, ils obtempèrent. Ils ne doivent pas avoir l'habitude qu'un Altruiste leur parle sur ce ton.

Quelques secondes plus tard, je vois Amar se laisser rouler en bas du filet. Il descend les marches, l'air excité et ébouriffé, prêt pour une prochaine cascade de psychopathe. Il fait signe aux novices de s'approcher et on se rassemble en demi-cercle à l'entrée du tunnel.

— Je m'appelle Amar. Je serai votre instructeur au cours de l'initiation. J'ai grandi ici et, il y a trois ans, j'ai réussi l'initiation haut la main. Je suis donc bien placé pour m'occuper des nouveaux. Bande de petits veinards. Globalement, les natifs et les transferts suivent un entraînement physique séparé, histoire d'éviter que les natifs démolissent les autres dès le premier jour. (Cette remarque est accueillie par un sourire des natifs, qui se tiennent à l'autre extrémité du demi-cercle.) Mais cette année, on va expérimenter quelque chose de nouveau. Les leaders Audacieux et moi-même, on s'est demandé si le fait de connaître vos peurs dès le début pouvait vous aider à mieux vous préparer durant l'initiation. Donc, avant qu'il soit question de dîner, vous allez faire quelques découvertes sur vous-mêmes.

— Et si ça ne m'intéresse pas de faire des découvertes sur moi-même ? demande Zeke.

Un coup d'œil d'Amar suffit à le faire rentrer dans le groupe des natifs. Je n'ai jamais rencontré quelqu'un comme cet Amar, qui passe d'une seconde à l'autre de l'affabilité à la sévérité, et réussit même parfois à exprimer les deux en même temps.

Prenant le tunnel, il nous conduit jusqu'à une porte et la pousse d'un coup d'épaule. On le suit dans une pièce humide dont le mur du fond est percé d'une immense baie vitrée. Sous la lumière vacillante des néons, Amar s'affaire autour d'une machine assez semblable à celle du test d'aptitudes. J'entends un bruit de goutte-à-goutte – de l'eau tombe du plafond pour former une flaque dans un coin.

De l'autre côté de la vitre s'étend une deuxième grande salle vide, dont les angles sont équipés de caméras.

— Nous sommes dans la salle du paysage des peurs, nous informe Amar sans interrompre son activité. Le paysage des peurs est une simulation dans laquelle vous devez affronter vos pires cauchemars.

Sur une table à côté de la machine, il y a une rangée de seringues, qui me paraissent sinistres sous l'éclairage clignotant des néons et me font un peu penser à des instruments de torture, des couteaux, des fers rouges.

— Comment c'est possible ? demande l'Érudit. Vous ne les connaissez pas.

— Eric, c'est ça ? dit Amar. C'est exact, je ne connais pas tes pires craintes, mais le sérum que je vais t'injecter va stimuler les zones de ton cerveau qui traitent la peur, et tu recréeras toi-même les obstacles de la simulation, si l'on peut dire. Contrairement à ce qui se passe dans le test d'aptitudes, tu resteras conscient que ce que tu vois n'est pas réel. De mon côté, je contrôlerai la simulation depuis cette pièce-ci, et je commanderai au programme de passer à l'obstacle suivant dès que ton rythme cardiaque sera revenu à un niveau normal – autrement dit, une fois que tu te seras calmé, ou que tu auras surmonté ta peur. Le programme prendra fin quand il aura épuisé tes peurs, et tu les connaîtras mieux en te réveillant.

Il prend une seringue et fait signe à Eric d'approcher.

— Permets-moi de satisfaire ta curiosité d'Érudit. À toi l'honneur.

— Mais...

— Je suis ton instructeur, poursuit froidement Amar. Je te conseille de suivre mes ordres.

Eric reste immobile quelques secondes, puis retire sa veste bleue, la plie en deux et la pose sur le dossier d'une chaise. Ses mouvements sont lents et délibérés, probablement pour agacer Amar le plus possible. Il s'approche de ce dernier, qui lui plante l'aiguille presque férocement dans le cou avant de le conduire dans la pièce voisine.

Une fois qu'Eric est au milieu de la pièce, de l'autre côté de la vitre, Amar revient, se relie à la machine par des électrodes et appuie sur l'écran qui se trouve derrière pour lancer le programme.

Eric reste debout sans bouger, les bras le long du corps. Il nous fixe à travers la vitre, mais tout à coup, sans qu'il ait fait un geste, on dirait qu'il voit autre chose, comme si la simulation avait commencé. Il ne crie pas, ne se débat pas, contrairement à ce que j'aurais attendu de la part d'une personne confrontée à ses pires cauchemars. Sur le moniteur devant lequel se tient Amar, son rythme cardiaque décrit une trajectoire ascendante, comme un oiseau qui prendrait son envol.

Il a peur. Il a peur, mais il ne bouge pas.

— Qu'est-ce qui se passe ? me chuchote Mia. Ça marche, là ?

J'acquiesce d'un signe de tête.

Je regarde Eric respirer profondément par le ventre et expulser l'air par le nez. Son corps est parcouru de tremblements et de frémissements, comme si la terre bougeait sous ses pieds, mais son souffle reste stable. Ses muscles se crispent et se détendent à intervalles de quelques secondes, comme s'il se contractait involontairement avant de se maîtriser. Sur le moniteur, je vois son rythme cardiaque ralentir de plus en plus, jusqu'à ce qu'Amar touche l'écran pour faire avancer le programme à l'étape suivante.

Le même scénario se reproduit pour chaque nouvelle peur. Je les compte dans ma tête : dix… onze… douze. Puis Amar touche l'écran une dernière fois et le corps d'Eric se détend. Il cligne lentement des paupières et se tourne vers la vitre avec un sourire suffisant.

Les natifs, d'habitude si prompts à tout commenter, restent muets. Ça confirme mon impression : Eric est quelqu'un à surveiller. Voire à redouter.

+++

Pendant plus d'une heure, je regarde les autres affronter leurs peurs, courir, sauter, viser avec des armes invisibles et, pour quelques-uns, s'allonger sur le ventre en pleurant. J'arrive parfois à me faire une idée de ce qu'ils voient, à percevoir les peurs rampantes qui les tourmentent, mais la plupart du temps, les objets de leur terreur restent un secret entre eux et Amar.

Planqué vers le fond de la pièce, je rentre les épaules chaque fois qu'Amar s'apprête à appeler le suivant. Cette fois encore, je suis le dernier. Mia est en train de s'extirper de son paysage des peurs, recroquevillée le long du mur du fond, le visage entre les mains. Elle se relève, l'air épuisé, et sort de la salle d'un pas traînant sans attendre le signal d'Amar. Il jette un coup d'œil sur la dernière seringue, puis sur moi.

— Il ne reste plus que toi et moi, le Pète-sec. Allez, qu'on en finisse.

Je sens à peine l'aiguille s'enfoncer dans mon cou. Je ne crains pas les piqûres, contrairement à certains novices dont les yeux se sont embués au moment de l'injection. J'entre dans la salle contiguë et me tourne vers la vitre, qui, de ce côté-ci, est un miroir. Dans l'instant qui précède la simulation, je me vois tel que les autres doivent me voir, grand, osseux, la main en sang. J'essaie de me tenir droit et je suis surpris par la différence que cela fait, par la promesse de force que je vois se dégager de moi juste avant que la pièce ne disparaisse.

Des fragments d'images surgissent : la ligne d'horizon des immeubles de la ville, un trou dans le trottoir sept étages plus bas, la bordure du toit sous mes pieds. Le vent remonte en fusant le long de l'immeuble, plus violent qu'il ne l'était tout à l'heure dans la réalité. Il fait claquer mes vêtements et sa pression me pousse de tous côtés. Soudain l'immeuble grandit sous moi, m'élevant très loin au-dessus du sol. Le trou dans le trottoir se referme, recouvert de bitume.

Instinctivement, j'essaie de reculer, mais la force du vent m'en empêche. Mon cœur bat plus vite, plus fort, tandis que j'affronte la réalité de ce que je dois faire : sauter une deuxième fois, et là, sans la certitude qu'il ne m'arrivera rien quand je percuterai le sol.

Une belle crêpe de Pète-sec.

Je secoue les mains, je ferme les yeux en serrant les paupières et je lâche un hurlement étouffé. Puis je cède à la pression du vent et je tombe, vite. Je frappe le sol.

Le temps d'un éclair, une douleur cuisante, incandescente me transperce.

Je me relève en essuyant la terre sur ma joue et j'attends l'obstacle suivant, sans avoir la moindre idée de ce que ça va être. Je n'ai jamais pris beaucoup le temps de me pencher sur mes peurs, ni sur la possibilité de me libérer de la peur, de la conquérir. Je me dis tout à coup que sans cette peur, je pourrais être fort, puissant, impossible à arrêter. L'idée me séduit une fraction de seconde, avant que quelque chose ne me heurte violemment le dos.

Un nouveau choc sur mon côté gauche, puis sur le droit, et je me retrouve enfermé dans une caisse juste assez grande pour me contenir. Sur le coup, la surprise m'empêche de paniquer, mais je respire l'air confiné, je fixe l'obscurité et mes boyaux se serrent. Je ne peux plus respirer. Je ne peux pas respirer.

Je me mords la lèvre pour retenir un sanglot. Je ne veux pas qu'Amar me voie pleurer, je ne veux pas qu'il dise aux Audacieux que je suis un lâche. Je dois réfléchir, mais je ne peux pas, je suffoque dans cette boîte. Le mur plaqué contre mon dos est le même que dans mon enfance, quand j'étais enfermé dans l'obscurité du cagibi de l'étage en guise de punition. Je ne savais jamais très bien quand ça s'arrêterait, combien d'heures j'allais rester là, avec des monstres imaginaires qui rampaient sur moi dans le noir, avec les pleurs de ma mère qui filtraient à travers les murs.

Je frappe du plat de la main la paroi qui se trouve devant moi, encore et encore, puis je la griffe, même si des éclats de bois s'enfoncent comme des aiguillons sous mes ongles. Je replie les bras et je cogne sur la caisse de tout mon poids, encore et encore, les yeux fermés pour pouvoir me dire que je ne suis pas là, je ne suis pas là. *Laissez-moi sortir laissez-moi sortir laissez-moi sortir laissez-moi sortir.*

« Réfléchis, Pète-sec ! » me crie une voix. Je m'immobilise. Je me rappelle que je suis dans une simulation.

Réfléchis. De quoi ai-je besoin pour sortir de cette caisse ? J'ai besoin d'un outil, de quelque chose de plus puissant que moi. La pointe de ma chaussure rencontre un objet et je me penche pour le ramasser. Mais quand je bouge, le haut de la caisse suit mon mouvement et je ne peux plus me redresser. Je ravale un cri, et mes doigts touchent le bout pointu d'un levier. Je l'insère entre les planches à l'angle de la caisse et je pousse de toutes mes forces.

Toutes les planches se détachent comme sous l'effet d'un ressort et tombent par terre autour de moi. Je respire l'air frais, soulagé.

Une femme apparaît en face de moi. Je ne la connais pas. Je suis surpris par ses vêtements blancs, qui ne correspondent à aucune faction. Je m'avance vers elle et une table surgit entre nous. Il y a un pistolet et une balle dessus. Je les fixe, perplexe.

C'est une peur, ça ?

— Qui êtes-vous ? lui demandé-je.

Elle ne répond pas.

Ce que je suis censé faire est assez clair : charger le pistolet et tirer. Un sentiment de terreur monte en moi, aussi puissant que n'importe quelle peur. J'ai la bouche sèche, mes doigts cherchent à tâtons la balle et l'arme. Je n'ai jamais tenu un pistolet, et il me faut quelques secondes pour trouver comment ouvrir le barillet. Au cours de ces secondes, je pense à ses yeux en train de s'éteindre, à cette femme que je ne connais pas, pas assez pour me soucier d'elle.

J'ai peur – peur de ce qu'on va exiger de moi chez les Audacieux, et de ce que je vais accepter de faire.

Peur de je ne sais quelle violence enfouie en moi, forgée par mon père et par les années de silence que ma faction m'a imposées.

Je serre le pistolet à deux mains, relançant la douleur de mon entaille à la paume. Je regarde le visage de la femme. Sa lèvre tremble et ses yeux se remplissent de larmes.

— Pardon, dis-je avant d'appuyer sur la gâchette.

Je vois le trou noir que la balle crée dans son corps, puis elle tombe et disparaît dans un nuage de poussière en touchant le sol.

Mais la terreur ne s'en va pas. Je sais qu'une nouvelle épreuve arrive, je le sens. Marcus n'a pas encore fait son apparition, et il va venir, aussi sûrement que je m'appelle Eaton. Qu'on s'appelle Eaton.

Un cercle de lumière m'enveloppe, et je distingue sur son pourtour une paire de chaussures grises et usées qui s'avancent. Marcus Eaton entre dans le périmètre de la lumière. Mais pas le Marcus Eaton que je connais. Celui-ci a des trous noirs à la place des yeux et une gueule noire et béante en guise de bouche.

Un autre Marcus Eaton apparaît à côté de lui et, peu à peu, tout autour du cercle, d'autres versions de mon père s'avancent pour m'entourer, de plus en plus monstrueuses, avec une bouche édentée et grande ouverte, la tête bizarrement penchée sur le côté. Je serre les poings. Ce n'est pas la réalité. Je sais que ce n'est pas la réalité.

Le premier Marcus déboucle sa ceinture et la fait glisser hors des passants de son pantalon, un à un, imité par les autres

Marcus. Au fur et à mesure, les ceintures se changent en cordes métalliques aux extrémités barbelées. Puis ils traînent leurs ceintures par terre derrière eux, en passant une langue noire et grasse autour de leurs bouches sombres. Soudain, ils brandissent les cordes de métal et je hurle de toutes mes forces en repliant les bras autour de ma tête.

– C'est pour ton bien, me disent les Marcus à l'unisson, dans un chœur de voix métalliques.

La douleur me lacère, me déchire, me dépèce et je tombe à genoux en pressant les mains sur mes oreilles, comme si cela pouvait me protéger, mais rien ne peut me protéger, rien, je hurle encore et encore mais la douleur ne s'arrête pas, et sa voix non plus.

« Je ne tolérerai pas de comportement égocentrique chez moi ! », « Je n'ai pas élevé mon fils pour qu'il devienne un menteur ! »

Je ne peux plus, je ne veux plus l'entendre.

Sans crier gare, une image de la statuette que m'a donnée ma mère surgit dans mon esprit. Je la vois là où je l'ai posée, sur mon bureau, et la douleur commence à s'atténuer. Je concentre toutes mes pensées sur cette statuette, sur les autres objets dispersés dans ma chambre, cassés, sur le couvercle déboîté de mon coffre. Je revois les mains de ma mère, ses longs doigts effilés qui referment le coffre, le verrouillent et me tendent la clé.

Une par une, les voix se taisent, jusqu'à ce que le silence soit revenu.

À genoux, je laisse retomber mes bras en attendant l'épreuve suivante. Mes doigts frôlent le sol, froid et rugueux. J'entends des pas et je me blinde pour affronter la suite, puis j'entends la voix d'Amar :

— C'est tout ? Il n'y a rien d'autre ? La vache, le Pète-sec...

Il s'arrête devant moi et me tend la main pour m'aider à me relever. Je me laisse faire. J'évite de le regarder pour ne pas voir son expression. Je ne veux pas qu'il sache ce qu'il sait, je ne veux pas devenir le pauvre novice à l'enfance bousillée.

— On va devoir te trouver un autre surnom, me dit-il d'un ton détaché. Un truc plus costaud que Pète-sec. Du genre « Killer »...

Là, je le regarde. Il a un petit sourire, dans lequel je discerne bien un peu de pitié, mais pas autant que je l'aurais cru.

— Moi non plus, à ta place, je n'aurais pas envie de dire mon nom aux autres, conclut-il. Allez, à la bouffe.

+++

Dans la cafétéria, Amar me conduit à la table des novices. Quelques Audacieux sont déjà installés aux autres tables, surveillant du coin de l'œil le fond de la salle, où des cuisiniers couverts de piercings et de tatouages finissent de préparer le repas. La cafétéria est une sorte de caverne, éclairée par en dessous par des lampes à la lumière bleutée qui donne à l'ensemble une atmosphère lugubre.

Je m'assois.

— Alors, le Pète-sec, on dirait que tu vas tomber dans les pommes ! observe Eric, ce qui fait sourire l'un des Sincères.

— Félicitations, tout le monde en est sorti vivant, dit Amar. Vous avez tous surmonté le premier jour de l'initiation. Enfin, plus ou moins.

Puis, en regardant Eric :

— Bien qu'aucun d'entre vous n'ait fait aussi bien que Quatre ici présent.

Il m'a désigné en parlant. Je fronce les sourcils. « Quatre » ? Il fait allusion à mes peurs ?

– Hé, Tori ! lance-t-il par-dessus son épaule. T'as déjà entendu parler de quelqu'un qui n'a que quatre peurs dans son paysage des peurs ?

– Impossible. À ma connaissance, le dernier record est de sept ou huit, répond-elle. Pourquoi ?

– J'ai un novice ici qui n'en a que quatre.

Tori me désigne d'un air interrogateur et Amar confirme d'un hochement de tête.

– OK, record battu, dit Tori.

– Bravo, me dit Amar avant d'aller la rejoindre à sa table.

Tous les novices me dévisagent en silence. Avant le paysage des peurs, je n'étais pour eux qu'un concurrent inoffensif à balayer sur leur chemin vers l'intégration chez les Audacieux. Et voilà que tout à coup, je suis comme Eric : quelqu'un à surveiller de près, peut-être même à craindre.

Amar vient de me donner plus qu'un nouveau nom. Il m'a donné du pouvoir.

– Comment tu t'appelles, déjà, le Pète-sec ? Ça commence par un E... ? me demande Eric en plissant les yeux.

Je vois bien qu'il sait, mais il n'a pas l'air sûr du bon timing pour le révéler.

Les autres se rappellent peut-être vaguement mon nom grâce à la cérémonie du Choix, comme je me rappelle les leurs – comme de simples lettres de l'alphabet, perdues dans le brouillard de la tension, tandis que je m'interrogeais sur mon propre choix. Si je frappe leur esprit maintenant, de toutes mes forces, si j'arrive à devenir assez mémorable dans mon identité d'Audacieux, je sais que j'ai une chance de m'en sortir.

Après un instant d'hésitation, je pose les coudes sur la table et je regarde Eric en haussant les sourcils.

— Je m'appelle Quatre. Appelle-moi encore une fois « Pète-sec » et on va avoir un problème, toi et moi.

Il lève les yeux au plafond, mais je sais que le message est passé. J'ai un nouveau nom, ce qui signifie que je peux devenir quelqu'un d'autre. Quelqu'un qui n'a pas à subir des vannes d'Érudits je-sais-tout. Quelqu'un qui peut riposter. Quelqu'un qui est enfin prêt à se battre.

Quatre.

LE NOVICE

LA SALLE D'ENTRAÎNEMENT SENT L'EFFORT : un mélange de sueur et de poussière. Chaque fois que mes poings frappent le sac, ça me brûle les jointures, écorchées par une semaine de combats.

— Tu as vu le tableau, on dirait, me lance Amar en s'appuyant contre l'encadrement de la porte, les bras croisés. Et tu sais que tu t'opposes à Eric demain. Sinon, tu serais dans la salle du paysage des peurs, comme d'habitude.

— Ça m'arrive aussi de venir ici, rectifié-je.

Je m'écarte du sac de sable en secouant les mains. Quelquefois, je les serre si fort que je finis par ne plus sentir le bout de mes doigts.

J'ai failli perdre mon premier combat, contre Mia, la Fraternelle. Je ne voyais pas comment la vaincre sans la frapper, et ça, impossible – du moins jusqu'à ce qu'elle m'immobilise par une clé d'étranglement et que ma vision commence à s'obscurcir.

Là, mon instinct a pris le dessus et je l'ai neutralisée d'un bon coup de coude dans la mâchoire. Il suffit que j'y repense pour sentir la culpabilité pointer son nez.

J'ai aussi failli perdre mon deuxième combat, contre Sean, le plus costaud des Sincères. Je l'ai eu à l'usure, en me forçant à me relever chaque fois qu'il me croyait fini. Il ne pouvait pas savoir que la capacité à encaisser la douleur est une vieille habitude chez moi, prise tout petit, comme de me ronger l'ongle du pouce. Maintenant, j'ai le visage couvert de bleus et d'entailles, mais j'ai fait mes preuves.

Demain, donc, je me bats contre Eric. Il me faudrait plus que de l'endurance ou un coup bien placé pour le vaincre. Il me faudrait une technique que je ne maîtrise pas, une force qu'il me reste encore à acquérir.

— Ouais, je sais, me répond Amar en riant. Je passe pas mal de temps à essayer de comprendre comment tu fonctionnes, figure-toi. Alors je me renseigne. Je sais que tu passes la moitié de ton temps libre ici, et l'autre dans le paysage des peurs. Tu n'es jamais avec les autres. Tu es toujours épuisé et tu dors d'un sommeil de plomb.

Une goutte de sueur coule le long de mon oreille. Je l'essuie d'un geste de la main et je me passe le bras sur le front.

— Mais intégrer une faction, ça ne se limite pas à réussir l'initiation, reprend Amar en tirant sur la chaîne du sac pour tester sa solidité. Globalement, c'est pendant cette phase que les Audacieux rencontrent leurs meilleurs amis, voire leurs amoureux. Leurs ennemis, aussi. Mais tu as l'air bien décidé à te priver de tout ça.

Les autres novices vont ensemble au studio de piercing et débarquent ensuite à la salle d'entraînement le nez, les lèvres et les oreilles enflammés et ornés de clous, ou s'amusent à former des pyramides de nourriture à la cafétéria avec les restes du petit-déjeuner. Il ne m'est pas venu à l'esprit une seconde de me mêler à eux, ni même que je pourrais essayer.

Je hausse les épaules.

— J'ai l'habitude d'être seul.

— Moi, j'ai plutôt l'impression que tu ne vas pas tarder à péter un câble, et je ne tiens pas à être là ce jour-là. On va jouer à un jeu ce soir avec une bande de copains. Un jeu d'Audacieux. Viens avec nous, ce sera sympa.

Je triture le bandage qui me protège la main. Je ne devrais pas aller jouer à des jeux. Je devrais rester ici à m'entraîner et ensuite aller me coucher, pour être prêt pour le combat de demain.

Mais cette voix qui me dit « tu devrais » sonne soudain à mes oreilles comme la voix de mon père, exigeant que je me conduise correctement, que je m'isole. Or, si je suis là, c'est bien parce que j'étais décidé à ne *plus* l'écouter.

— Franchement, si je te donne une occasion de faire ton trou ici, c'est juste parce que tu me fais de la peine, me précise Amar. Ne sois pas stupide, profites-en.

— OK, dis-je. C'est quoi, ce jeu ?

Il se contente de sourire.

+++

— On doit relever des défis, m'explique une Audacieuse du nom de Lauren.

Elle se tient à la poignée de la portière, mais comme elle vacille tout le temps, elle manque régulièrement de tomber, puis se rétablit en riant, comme si le train n'était pas suspendu à huit mètres au-dessus du sol, comme si elle ne risquait pas de se tuer.

Elle tient une flasque en argent dans sa main libre. Ça explique beaucoup de choses.

Elle penche la tête sur le côté.

— On lance un défi à quelqu'un. Il doit boire un coup, le relever et en donner un à quelqu'un d'autre. Quand tout le monde est passé, ceux qui sont toujours vivants se soûlent un peu et on rentre en titubant.

— Qu'est-ce qu'on doit faire pour gagner ? demande un Audacieux assis à l'autre bout du wagon.

Il est à moitié affalé contre Amar, comme s'ils étaient de vieux amis ou des frères.

Je ne suis pas le seul novice présent. En face de moi, il y a Zeke, celui qui a sauté en premier, et une fille brune avec un piercing à la lèvre et une frange droite qui lui mange le front. Les autres sont tous plus vieux. Ils se comportent entre eux avec une sorte de familiarité décontractée, s'affalent les uns sur les autres, se balancent des coups de poing dans les bras, s'ébouriffent les cheveux. Ce mélange de camaraderie, d'amitié et de flirt m'est totalement étranger. Je replie les bras autour de mes genoux en essayant de me détendre.

Je suis vraiment un Pète-sec.

— On gagne en évitant d'être une grosse meringue, répond Lauren. Ah, et nouvelle règle, en s'abstenant de poser des questions idiotes. Bon, comme c'est moi qui ai la bouteille, je commence. Amar, je te mets au défi d'entrer dans la bibliothèque des Érudits pendant que tous les Quat'z'yeux sont en train d'y travailler, et de leur hurler un truc bien obscène.

Elle revisse le bouchon de la flasque et la lui lance. Tout le monde pousse des cris d'approbation tandis qu'Amar en avale une bonne rasade.

— OK, préviens-moi quand on arrive au bon arrêt ! crie-t-il par-dessus les acclamations.

Zeke agite une main dans ma direction.

— Dis, t'es un transfert, toi, non ? Quatre, c'est ça ?

— Ouais, confirmé-je. Bravo d'avoir sauté en premier.

Je me rends compte trop tard que c'est peut-être vexant pour lui – son triomphe gâché par un faux pas et une perte d'équilibre. Mais il se contente de rire.

— Ouais, pas mon moment le plus glorieux, c'est sûr.

— Les autres ne se sont pas précipités non plus, signale la fille assise à côté de lui. Au fait, moi, c'est Shauna. C'est vrai que tu as seulement eu quatre peurs ?

— D'où le surnom, confirmé-je.

— Wouah.

Elle hoche la tête, l'air impressionnée, ce qui me pousse à me tenir plus droit.

— Tu dois être un Audacieux dans l'âme, alors.

Je hausse les épaules, comme si elle avait peut-être raison, bien que je sois certain du contraire. Elle ne peut pas deviner que je suis ici pour échapper à la vie à laquelle j'étais destiné, que si je me bats autant pour réussir l'initiation, c'est pour cacher que je ne suis qu'un imposteur. Natif des Altruistes avec un résultat de test d'aptitudes Altruiste, réfugié chez les Audacieux.

Un petit pli amer apparaît au coin de sa bouche, comme si une pensée l'attristait, mais je ne demande pas quoi.

— Ça va, les combats ? me demande Zeke

— Pas trop mal, dis-je en agitant une main devant mon visage contusionné. Comme tu peux voir.

— Regarde un peu ça, dit-il en tournant la tête pour me montrer un gros bleu sous sa mâchoire. Cadeau de cette fille, là.

Il me désigne Shauna du pouce.

— Il m'a battue, précise-t-elle. Mais j'ai réussi à lui en coller une, pour une fois. Je perds tout le temps.

— Ça ne te gêne pas qu'il t'ait frappée ?

— Pourquoi ça me gênerait ?

— Je ne sais pas... parce que tu es une fille ?

Elle hausse les sourcils.

— Tu crois quoi ? Que parce que j'ai des seins, je ne peux pas encaisser comme les autres novices ?

Elle désigne sa poitrine et je me surprends à la fixer pendant une seconde, avant de songer à détourner les yeux, les joues en feu.

— Excuse-moi, ce n'est pas ce que je voulais dire. C'est juste que je n'ai pas l'habitude. De rien de tout ça.

— C'est bon, je comprends, répond-elle sans se fâcher. Mais il faut que tu saches un truc sur les Audacieux : fille ou garçon, ici, ça ne change rien. Ce qui compte, c'est ce qu'on a dans le ventre.

À ce moment-là, Amar se lève, met les poings sur les hanches en bombant le torse et marche tranquillement jusqu'à la portière ouverte. Le train amorce un plongeon et il ne se tient à rien, il se contente de tanguer au rythme des mouvements du wagon. Tout le monde se lève et il saute le premier en se jetant dans la nuit. Les autres se déversent à sa suite, et je laisse ceux qui sont derrière moi me porter vers la sortie. Je ne crains pas la vitesse, juste le vide. Et comme, ici, le train est au niveau du sol, je saute sans appréhension. J'atterris sur mes deux pieds et je trébuche sur quelques pas avant de m'immobiliser.

— Hé, mais tu commences à avoir le truc ! commente Amar en me décochant un coup de coude. Tiens, bois un coup. T'en as besoin, on dirait.

Il me tend la flasque. Je n'ai jamais bu d'alcool. Les Altruistes ne boivent pas, on n'en trouve même pas dans notre faction. Mais j'ai déjà pu constater que ça semble faire du bien aux gens, et ma seule envie est justement de me débarrasser de cette sensation de vivre dans une peau trop étroite pour moi. Alors, sans hésiter, je prends la flasque et je bois.

L'alcool a un goût de médicament et me brûle la gorge, mais il descend vite, en me laissant une sensation de chaleur.

— C'est bien, approuve Amar.

Il s'approche de Zeke, passe un bras autour de son cou et attire sa tête contre sa poitrine.

— Je vois que tu as fait la connaissance de mon jeune ami Ezekiel.

— C'est pas parce que ma mère m'appelle comme ça que tu dois te sentir obligé de le faire, lui dit Zeke en le repoussant. Les grands-parents d'Amar étaient amis avec mes parents, ajoute-t-il à mon intention.

— « Étaient » ?

— Mon père est mort et les grands-parents d'Amar aussi.

— Et tes parents ? demandé-je à Amar.

Il hausse les épaules.

— Ils sont morts quand j'étais petit. Un accident de train. Super triste.

Son sourire semble démentir ses paroles.

— Et mes grands-parents ont fait le saut un peu après que je suis devenu officiellement un Audacieux.

Il fait un geste plongeant avec la main.

— Quel saut ?

— Oh, attends que je sois parti pour lui expliquer, lance Zeke. Je ne veux pas voir la tête qu'il va faire.

Amar ne l'écoute pas.

— Arrivés à un certain âge, certains Audacieux choisissent de se jeter dans le gouffre, dans la Fosse. C'est soit ça, soit devenir sans-faction. Et mon grand-père était très malade. Un cancer. Ma grand-mère ne se voyait pas continuer sans lui.

Il lève la tête vers le ciel et le clair de lune se reflète dans ses yeux. L'espace d'un instant, j'ai le sentiment qu'il me laisse voir le véritable Amar, celui qu'il cache soigneusement sous ses couches de charme, d'humour et de bravade d'Audacieux. Et ça me terrifie, parce que cet Amar-là est dur, et froid, et triste.

— Je suis désolé, dis-je.

— Au moins, comme ça, j'ai pu leur dire au revoir. La plupart du temps, la mort arrive sans crier gare, qu'on ait dit au revoir ou pas.

L'Amar secret se volatilise dans l'éclair d'un sourire et il court rejoindre le reste du groupe, la flasque à la main. Je reste en arrière avec Zeke. Il avance en bondissant comme un chien fou, à la fois gracieux et maladroit.

— Et toi ? me demande-t-il. Tu as toujours tes parents ?

— Mon père. Ma mère est morte il y a longtemps.

Je me souviens de son enterrement, de tous les Altruistes restés avec nous pour partager notre chagrin, emplissant la maison de leurs murmures. Ils nous avaient apporté des repas recouverts de papier aluminium sur des plateaux métalliques, ils avaient nettoyé la cuisine et mis toutes les affaires de ma mère dans des cartons, de sorte qu'il ne restait plus aucune trace d'elle. Je me souviens de les avoir entendus chuchoter qu'elle était morte de complications liées à un accouchement. Je me rappelais pourtant l'avoir surprise, un ou deux mois plus tôt, en train de boutonner sa chemise au-dessus de son maillot de corps moulant devant sa commode, et son ventre était plat. Je secoue la tête pour chasser ce souvenir. Elle est morte. C'est le souvenir d'un enfant, qui manque de fiabilité.

— Et ton père, reprend Zeke, il est d'accord avec ton choix ? C'est bientôt le jour des Visites.

— Non, dis-je d'un ton distant. Il n'est pas d'accord du tout.

Mon père ne viendra pas le jour des Visites. J'en suis certain. Il ne m'adressera plus jamais la parole.

Le secteur des Érudits est la partie la mieux entretenue de la ville. Pas un débris ni une ordure ne traîne sur les trottoirs, toutes les fissures de la chaussée ont été comblées avec du goudron. Je suis presque gêné de marcher ici, de peur d'abîmer le trottoir avec mes baskets. Les autres, eux, s'en fichent, et leurs semelles claquent sur le bitume avec le bruit d'une averse qui crépite.

À partir de minuit, les factions peuvent garder la lumière allumée dans le hall de leur siège mais tout le reste doit être éteint. Ici, dans le secteur des Érudits, tous les bâtiments qui constituent le siège ressemblent à des piliers de lumière. Ils sont là derrière les fenêtres, assis autour de longues tables, le nez dans des livres ou sur des écrans, ou plongés dans des discussions chuchotées. À chaque table, jeunes et vieux se mélangent, dans leurs impeccables tenues bleues, avec leurs coiffures lissées et, pour plus de la moitié d'entre eux, des lunettes aux montures luisantes. Mon père dirait que c'est de la pure vanité, qu'ils font tellement d'efforts pour paraître intelligents que ça en devient de la bêtise.

Je m'arrête pour les observer. Ils ne m'ont pas l'air si vaniteux que ça. Ils ont l'air de gens qui font tout ce qu'ils peuvent pour se sentir aussi intelligents qu'ils sont censés l'être. Si ça implique de porter des lunettes sans en avoir besoin, il ne m'appartient pas de les juger. Ils représentent un refuge que j'aurais pu choisir. Au lieu de quoi j'ai choisi ceux qui se moquent d'eux derrière les fenêtres, et qui envoient Amar faire de la provoc dans le hall de leur siège.

Amar franchit les portes du bâtiment central. On reste juste derrière, à l'observer en ricanant. Accroché sur le mur du fond dans l'entrée, je distingue un grand portrait de Jeanine Matthews. Ses cheveux blonds pris dans un chignon strict dégagent son visage et sa veste bleue est boutonnée jusqu'au cou. Elle est jolie, mais ce n'est pas ce que je remarque en premier. Ce qui me frappe d'abord chez elle est son côté acéré.

Et, en filigrane – mais c'est peut-être l'effet de mon imagination –, quelque chose qui ressemble à de la peur.

Amar fonce dans l'entrée en ignorant les protestations du personnel de l'accueil et braille :

— Hé, les Quat'z'yeux ! Visez un peu ça !

Tous relèvent la tête et les Audacieux éclatent de rire tandis qu'Amar baisse son pantalon pour leur montrer ses fesses. Le responsable de l'accueil fait le tour du comptoir pour l'attraper, mais Amar remonte son pantalon et revient vers nous en courant. Tout le groupe prend la fuite.

C'est plus fort que moi, je ris aussi, à en avoir mal au ventre, et j'en suis tout surpris. Zeke court à côté de moi. On se dirige vers la voie ferrée, parce que c'est le seul endroit auquel on ait pensé. Les Érudits qui nous poursuivent renoncent au bout d'un pâté de maisons et on s'arrête tous dans une allée pour reprendre haleine, adossés à un mur.

Amar arrive le dernier, les mains levées en signe de victoire, et se fait acclamer. Il brandit la flasque comme un trophée et désigne Shauna.

— Toi, la petite, je te défie d'escalader la statue qui se trouve devant le lycée.

Elle attrape la flasque au vol et boit une gorgée.

— Ça le fait, répond-elle en souriant.

+++

Quand mon tour arrive, on est presque tous ivres, titubant à chaque pas, riant aux blagues les plus bêtes. Je ne sens pas le froid, malgré la fraîcheur de l'air, mais mon esprit reste aiguisé et absorbe toutes les informations de la nuit, les riches effluves du marais, les éclats de rire qui montent comme des bulles, le bleu noir du ciel et la silhouette sombre de chaque immeuble qui se détache sur lui. J'ai mal aux jambes à force d'avoir couru, marché et escaladé, et on ne m'a toujours pas lancé de défi.

On est presque de retour au siège des Audacieux. Autour de nous, les bâtiments sont délabrés.

— Il reste qui ? demande Lauren.

Son regard troublé par l'alcool passe sur chaque visage avant de s'arrêter sur le mien.

— Ah, le novice Altruiste avec un nom de chiffre. Quatre, c'est ça ?

— Ouais, dis-je.

— Un Pète-sec ? bredouille d'une voix avinée le garçon qui était assis familièrement à côté d'Amar dans le wagon.

Il me regarde. C'est lui qui tient la flasque, à lui qu'il revient de fixer le prochain gage. Ce soir, j'ai vu des gens escalader des immeubles, sauter dans des trous noirs, s'aventurer dans des bâtiments vides pour en rapporter un robinet ou une chaise de bureau, j'en ai vu courir nus dans des allées et se planter des aiguilles à vif dans le lobe de l'oreille. Si je devais inventer un défi, j'en serais bien incapable. Une chance que je sois le dernier

Je sens comme un frémissement dans ma poitrine. Une tension. Que va-t-il me demander de faire ?

— Les Pète-sec sont des coincés, déclare platement le garçon, comme s'il énonçait un fait. Pour prouver que tu es devenu un vrai Audacieux... je te mets au défi de te faire tatouer.

Je vois les volutes d'encre qui s'enroulent autour de leurs poignets, leurs bras, leur cou, leurs épaules. Les piercings qui leur transpercent les oreilles, le nez, les lèvres et les sourcils. Ma peau est réparée, vierge. Mais elle ne reflète pas qui je suis ; je devrais être scarifié, marqué, comme eux, mais par des cicatrices de blessures, par ce à quoi j'ai survécu.

Je hausse une épaule.

— OK.

Il me lance la flasque et je la vide, même si ça me pique les lèvres et la gorge et que le goût est amer comme du poison.

On se remet en marche vers la Flèche.

+++

Tori ouvre la porte vêtue d'un caleçon d'homme et d'un

tee-shirt, les cheveux dans les yeux. Elle me regarde en levant un sourcil. On l'a clairement tirée d'un sommeil profond, mais elle n'a pas l'air de nous en vouloir – elle est tout au plus un peu grognon.

— S'te plaît… lui dit Amar. C'est pour un défi.

— Tu tiens vraiment à te faire tatouer par quelqu'un d'endormi, Quatre ? me demande-t-elle. Ça ne s'efface pas, tu sais.

— Je te fais confiance.

Pas question que je me défile, après avoir vu tous les autres assurer.

— OK, fait Tori en bâillant. Qu'est-ce que je ferais pas pour entretenir les rituels des Audacieux. J'arrive, je vais m'habiller.

Elle repousse la porte. En chemin, je me suis creusé la tête pour trouver quoi me faire tatouer, et où. Pas moyen de décider, j'étais trop dans le cirage. Je le suis toujours.

Quelques secondes plus tard, Tori resurgit en pantalon, toujours pieds nus.

— Je vous préviens, si on me fait des histoires pour avoir allumé la lumière à cette heure-ci, je dis que j'ai eu affaire à des vandales et je cite des noms.

— Ça le fait, dis-je.

— Entrez. On va passer par la porte du fond, précise-t-elle en nous faisant signe de la suivre.

Je traverse un salon obscur, parfaitement rangé à part une table basse couverte de feuilles de papier portant chacune un motif de tatouage. Certains sont simples et rudimentaires, comme la plupart de ceux que j'ai observés, d'autres sont plus détaillés, plus complexes. Tori doit être ce qui se fait de plus proche d'un artiste chez les Audacieux.

Je m'arrête devant la table. L'un des dessins représente les symboles de toutes les factions, sans les cercles qui les relient d'habitude. En bas, l'arbre des Fraternels, qui forme un système de racines pour l'œil des Érudits et la balance des Sincères. Au-dessus, les mains en coupe des Altruistes semblent tenir les flammes des Audacieux. Et tous les symboles sont étroitement imbriqués.

Les autres ont pris de l'avance. Je les rattrape au pas de course en passant par la cuisine – tout aussi immaculée que le salon, bien que l'équipement soit dépassé, le robinet rouillé et la porte de frigo maintenue par une grosse pince. La porte de derrière, ouverte, donne sur un petit couloir humide qui débouche dans le studio de tatouage.

Je suis déjà passé devant mais je n'y suis jamais entré, persuadé que je ne trouverais jamais une bonne raison d'agresser mon corps avec des aiguilles. Je suppose que j'en ai trouvé une – ces aiguilles sont un moyen de rompre avec mon passé, non seulement vis-à-vis de mes compagnons Audacieux, mais aussi à mes propres yeux, chaque fois que je me regarderai dans un miroir.

Les murs du studio sont couverts de dessins. Celui de la porte est entièrement consacré aux symboles Audacieux, les uns tout noirs et simples, d'autres, en couleurs, à peine reconnaissables. Tori allume la lumière au-dessus d'un fauteuil et dispose ses aiguilles sur un plateau juste à côté. Les autres s'installent sur des chaises et des bancs autour de nous comme pour assister à un spectacle. Je sens le rouge me monter aux joues.

— Principes de base du tatouage, m'informe Tori : moins on a de réserves de graisse sous la peau, ou plus une zone est osseuse, plus le tatouage sera douloureux. Pour le premier, tu ferais mieux de choisir, je ne sais pas, un bras, ou...

— ... ta fesse, suggère Zeke avec un petit hennissement de rire.

Tori hausse les épaules.

— Ce ne serait pas la première fois. Ni la dernière.

Je regarde le garçon qui m'a lancé le défi. Il me retourne mon regard en levant les sourcils. Je sais ce qu'il pense, ce qu'ils pensent tous : que je vais choisir un petit tatouage, sur le bras ou la jambe, un truc facile à cacher. Je jette un coup d'œil sur les symboles affichés au mur. L'un des dessins attire mon attention, une représentation artistique des flammes.

— Celui-là, dis-je en le montrant du doigt.

— OK, dit Tori. Une idée de l'emplacement ?

J'ai une cicatrice, un léger creux dans le genou, dû à une chute sur le trottoir quand j'étais petit. J'ai toujours trouvé absurde que les souffrances que j'ai subies n'aient laissé aucune marque visible. En l'absence de preuve, avec les souvenirs qui s'embrouillaient peu à peu, j'en suis parfois venu à douter d'avoir vécu tout ça. Je veux garder une sorte de témoignage du fait que, si les blessures guérissent, elles ne disparaissent jamais totalement. Je les porte avec moi, partout, toujours ; il en va ainsi avec la vie, et avec les cicatrices.

C'est ce que ce tatouage symbolisera pour moi : une cicatrice. Et il paraît logique qu'elle atteste de mon pire souvenir de souffrance.

Je pose une main sur mes côtes en songeant aux ecchymoses qui les marquaient juste après la mort de ma mère, et à la peur de mourir que j'ai éprouvée. Mon père a passé quelques mauvaises nuits à l'époque.

— Tu es sûr ? me demande Tori. C'est un des endroits les plus douloureux.

— Alors c'est parfait, dis-je en m'asseyant dans le fauteuil.

Le groupe d'Audacieux m'acclame et commence à se passer une nouvelle flasque, plus grande que la première, et en bronze, celle-là.

— Bien, j'ai donc un masochiste comme client cette nuit. Super.

Tori s'installe sur un tabouret à côté de moi et enfile une paire de gants en caoutchouc. Je me cambre en soulevant mon tee-shirt et elle me frotte les vertèbres avec un coton imbibé d'alcool. Alors qu'elle se redresse, elle fronce les sourcils, se penche sur mon dos et étire une zone de peau entre ses doigts tachés d'alcool. Sa morsure sur mon épiderme encore à vif m'arrache une grimace.

— Comment tu t'es fait ça, Quatre ? me demande Tori.

En relevant la tête, je remarque qu'Amar me fixe, le front plissé.

— C'est un novice, dit-il. Ils ont tous des coups et des entailles, à ce stade de l'initiation. Tu devrais les voir se balader tous ensemble en boitillant, ils font pitié.

— J'ai un bleu super moche au genou, confirme Zeke. Il est de la couleur la plus dégueu...

Il roule le bas de son pantalon pour exhiber sa contusion et ils se mettent tous à comparer leurs blessures et leurs cicatrices respectives : « Celui-là, c'est quand *on* m'a lâché en bas de la tyrolienne », « Ouais, ben j'ai toujours la marque de la fois où *ta* main a dévié au lancer de couteau, je crois qu'on est quittes ». Tori m'observe quelques secondes, et je suis sûre qu'elle ne croit pas un mot de l'explication d'Amar, mais elle n'insiste pas. Elle se contente de brancher son aiguille, qui emplit l'air de son bourdonnement. Amar me lance la flasque.

L'alcool me brûle encore la gorge quand l'aiguille me touche les côtes. Je serre les dents, mais la douleur ne me gêne pas.

Je la savoure.

+++

Le lendemain, à mon réveil, j'ai mal partout. Surtout à la tête.

Oh bon sang, ma tête.

Eric est en train de nouer ses lacets, assis au bord de son matelas, à côté du mien. Sa peau est rouge autour des anneaux qu'il porte sur la lèvre – il a dû se la faire percer récemment. Je n'avais pas fait attention.

— Tu as l'air dans un sale état, me dit-il.

Je m'assois, et le mouvement brusque me vrille le crâne.

— Espérons que ça ne te servira pas d'excuse quand je t'aurai mis une raclée, ajoute-t-il avec un petit ricanement.

Il se lève, s'étire et quitte le dortoir. Je me tiens la tête entre les mains pendant quelques secondes avant d'aller me doucher. Je dois garder la moitié du corps en dehors du jet pour ne pas mouiller le pansement qui recouvre mon tatouage. Les Audacieux ont attendu avec moi pendant des heures que Tori ait terminé et, à la fin, toutes les flasques étaient vides. Elle m'a félicité en levant les pouces quand je suis sorti en vacillant du studio, et Zeke a passé un bras autour de mes épaules en déclarant :

— Cette fois, ça y est, je crois que t'es un vrai Audacieux.

Hier, j'ai savouré cette petite phrase. Aujourd'hui, je donnerais cher pour avoir ma tête normale, celle qui est concentrée, déterminée, qui ne me semble pas peuplée de petits bonhommes armés de marteaux. Je passe encore quelques minutes sous le jet d'eau fraîche, avant de regarder l'heure sur l'horloge de la salle de bains.

Plus que dix minutes avant le combat. Je suis en retard. Et Eric a raison : je vais perdre.

Je cours à la salle d'entraînement, une main pressée sur le front, les pieds glissés à la hâte dans mes chaussures. Quand je déboule dans la salle, les transferts se tiennent le long des murs, avec quelques-uns des natifs. Amar, campé au milieu de l'arène, consulte sa montre et me dévisage.

— C'est gentil de passer nous voir.

Ses yeux me disent clairement que la camaraderie d'hier soir n'a pas sa place ici.

— Noue tes lacets et dépêche-toi, j'ai perdu assez de temps comme ça.

De l'autre côté de l'arène, Eric fait craquer ses doigts un à un, en me fixant. Je fais mes lacets à toute vitesse, en fourrant les bouts dans mes chaussures pour ne pas marcher dessus.

Campé face à Eric, je ne sens que mon cœur qui bat la chamade, le martèlement dans ma tête et mes côtes qui brûlent. Amar s'écarte, Eric se jette en avant, vite, et son poing m'atteint en pleine mâchoire.

Je recule en titubant, la main sur le visage. Un bloc de douleur me traverse le cerveau. Je lève les poings pour parer le coup suivant. Ma tête me lance. Je vois sa jambe bouger et je me déporte pour éviter son coup de pied, mais je le prends de plein fouet dans les côtes. Je ressens comme un électrochoc dans tout le côté gauche.

— C'est encore plus facile que je ne pensais, commente Eric.

La honte me monte aux joues. Profitant de l'ouverture qu'il me laisse avec arrogance, je lui balance un uppercut dans le ventre.

Le plat de sa main s'abat sur mon oreille, qui tinte. Je perds l'équilibre et me rattrape en posant les doigts par terre.

— Tu sais quoi ? me dit Eric à mi-voix. Je crois que je me souviens de ton vrai nom, maintenant.

Une demi-douzaine de douleurs différentes me brouillent la vue. Je ne savais pas qu'il y en avait autant, comme les goûts : décharge, martèlement, élancement, piqûre, morsure, brûlure...

Il me frappe de nouveau, à la clavicule, bien qu'il m'ait visé au visage, et ajoute en secouant la main :

— Tu crois que je devrais leur dire ? Jouer la transparence ?

Il a mon nom entre ses dents, Eaton, une arme bien plus redoutable que ses pieds, ses coudes ou ses poings. Les Altruistes disent à voix basse que le problème endémique des Érudits est leur égoïsme, mais je pense que c'est plutôt leur arrogance, la fierté qu'ils tirent de savoir des choses que les autres ignorent. Et à cet instant, submergé par la peur, je comprends que c'est le point faible d'Eric. Il ne me croit pas capable de le blesser comme il peut me blesser. Il croit que je me résume à ce qu'il a vu de moi à mon arrivée : un garçon plein d'abnégation, humble et passif.

Je sens la douleur se changer en rage et je l'immobilise en lui tordant le bras tout en lui assenant coup après coup, encore et encore. Je ne vois même pas où je le frappe ; je ne vois rien, je ne ressens rien, je n'entends rien. Je suis seul, vide, je ne suis rien.

Enfin, j'entends ses cris et je le vois se tenir le visage à deux mains. Du sang lui coule dans la bouche et dégouline sur son menton. Il tente de m'échapper, mais je m'agrippe à son bras comme si ma vie en dépendait.

Je lui balance un coup de pied dans les côtes et il s'effondre. Derrière ses doigts, j'aperçois son regard, vitreux, hagard. Son sang est rouge vif sur sa peau pâle. Je me rends compte tout à coup que c'est moi qui ai fait ça, moi, et la peur revient s'insinuer en moi, mais un nouveau genre de peur. La peur de ce que je suis, de ce que je pourrais devenir.

Mes poings me font mal. Je sors de l'arène sans attendre le signal de l'arrêt du combat.

+++

L'enceinte des Audacieux est un bon endroit pour récupérer, sombre, plein de recoins tranquilles et secrets.

Je déniche un couloir non loin de la Fosse, je m'assois par terre contre le mur et je me laisse gagner par le froid de la pierre. Ma migraine est de retour, outre les douleurs diverses des coups reçus au combat, mais c'est tout juste si mon cerveau les enregistre. Mes jointures sont tachées de sang, celui d'Eric. J'essaie de l'essuyer, mais il a déjà eu le temps de sécher. J'ai gagné, et j'ai gagné ma place chez les Audacieux. Je devrais me réjouir au lieu d'avoir peur. Je pourrais même être heureux d'avoir enfin trouvé ma place quelque part, de vivre parmi des gens dont le regard ne fuit pas le mien à la table du déjeuner. Mais je sais que chaque bonne chose qui se présente a son prix. Quel est le prix à payer pour être un Audacieux ?

— Toc toc.

En levant les yeux, je découvre Shauna, qui frappe le mur de son index replié.

— Je me serais attendue à mieux, comme danse de la victoire, me fait-elle avec un grand sourire.

— Je ne sais pas danser.

— Je ne m'en serais pas doutée.

Elle s'assoit contre le mur d'en face et ramène ses genoux

contre sa poitrine en les encerclant de ses bras. Il n'y a qu'une dizaine de centimètres entre nos pieds. Je ne sais pas pourquoi je me fais la remarque. Enfin, si : parce que c'est une fille.

Je ne sais pas parler aux filles. Encore moins aux Audacieuses. Quelque chose me dit qu'on ne doit jamais savoir à quoi s'attendre avec une Audacieuse.

— Eric est à l'hôpital, m'informe-t-elle d'un air ravi. On pense que tu lui as cassé le nez. Ce qui est sûr, c'est que tu lui as pété une dent.

Je baisse les yeux. Moi, j'ai cassé une dent à quelqu'un ?

— Je me demandais si tu pourrais m'aider, ajoute-t-elle en poussant ma chaussure du bout du pied.

Je le savais : les Audacieuses sont imprévisibles.

— À quoi faire ?

— À apprendre à me battre. C'est pas mon truc, m'avoue-t-elle en secouant la tête. Je n'arrête pas de me faire humilier dans l'arène. Après-demain, je dois affronter une fille, une certaine Ashley, qui se fait appeler Ash[1]. (Shauna lève les yeux au plafond.) Rapport aux flammes des Audacieux ; les flammes, les cendres, tu vois, quoi. Bref, elle est dans les meilleurs, j'ai vraiment peur de me faire tuer. Je veux dire, vraiment.

— Pourquoi tu t'adresses à moi ? demandé-je, soudain soupçonneux. Parce que je suis un Pète-sec et qu'on n'est pas censés refuser notre aide ?

— Quoi ? N'importe quoi ! me répond-elle d'un air dérouté. Je te le demande parce que c'est toi le meilleur de ton groupe, quelle question !

Je ris.

— Pas du tout.

---

1. *Ash* signifie « cendre » en anglais.

— Eric et toi, vous étiez les seuls invaincus et tu viens de le battre. Bon, écoute, si tu n'as pas envie de m'aider, tu n'as qu'à...

— OK, je t'aiderai. Mais je ne vois pas comment je...

— On va trouver, m'assure-t-elle. Demain après-midi ? Rendez-vous dans l'arène ?

J'acquiesce d'un hochement de tête. Elle sourit, se lève et commence à s'éloigner. Au bout de quelques pas, elle se retourne et poursuit son chemin à reculons.

— Arrête de faire la gueule, Quatre. T'as épaté tout le monde. Vas-y, savoure ta victoire.

Je regarde sa silhouette disparaître à l'angle du couloir. J'étais tellement perturbé par le combat que je n'ai pas pensé une seconde à ce que ça impliquait d'avoir gagné contre Eric : je suis premier de ma classe de novices. J'ai peut-être choisi les Audacieux pour m'y réfugier, mais je fais mieux qu'y survivre ; j'y brille.

Je regarde le sang d'Eric sur mes doigts et je souris.

+++

Le lendemain matin, je décide de prendre un risque. Au petit-déjeuner, je m'installe à la table de Zeke et Shauna. Elle est à moitié affalée sur son assiette et ne me répond que par des grognements. Zeke bâille, le nez dans son bol de café, mais fait l'effort de me montrer sa famille : son petit frère Uriah est à une autre table avec Lynn, la petite sœur de Shauna. Sa mère, Hana – l'Audacieuse la plus discrète que j'aie jamais vue, dont on ne peut deviner la faction qu'à la couleur de ses vêtements – est encore en train de faire la queue au comptoir.

J'ai remarqué que les Audacieux ont un faible pour le pain

et la pâtisserie. Il y a toujours au moins deux gâteaux différents au dîner et une montagne de muffins en permanence sur le comptoir. Quand je suis arrivé ce matin, les meilleurs étaient partis et je me suis retrouvé avec des muffins au son.

— Ça te manque de ne plus vivre chez toi ? demandé-je à Zeke.

— Pas vraiment, me dit-il. Il faut dire que ma famille n'est pas loin. Même si on n'est pas censés leur parler avant le jour des Visites, je sais qu'en cas de besoin, ils sont là.

Je hoche la tête. À côté de lui, Shauna ferme les yeux et s'endort, le menton sur le poing.

— Et toi ? me demande-t-il à son tour. Ta famille te manque ?

Je vais répondre non quand le menton de Shauna glisse de sa main et que son visage va s'écraser sur son muffin au chocolat. Zeke rit tellement qu'il en pleure, et je ne peux pas m'empêcher de sourire jusqu'aux oreilles en finissant mon jus de fruits.

+++

Plus tard dans la matinée, je retrouve Shauna dans la salle d'entraînement. Ses cheveux sont tirés en arrière et ses boots d'Audacieuse, qu'elle porte toujours non lacées, sont bien attachées pour une fois. Elle donne des coups de poing dans le vide en s'arrêtant après chaque coup pour rectifier sa position, et je l'observe un moment en me demandant par où commencer. Je viens à peine d'apprendre à porter des coups ; je ne me sens pas vraiment qualifié pour lui enseigner quoi que ce soit.

Mais en la regardant, je remarque peu à peu des petites choses. La manière dont elle se tient avec les genoux verrouillés, le fait qu'elle ne songe pas à se protéger la mâchoire, sa façon de frapper en concentrant sa détente dans le coude au lieu de jeter tout le poids de son corps dans chaque coup. Elle s'arrête, s'éponge le front du dos de la main. En s'apercevant de ma présence, elle bondit sur place comme si elle venait de prendre une décharge.

— Règle numéro un si tu ne veux pas passer pour un voyeur : t'annoncer quand quelqu'un ne t'a pas vu entrer.

— Désolé. J'étais en train de réfléchir à des points que tu peux améliorer.

— Oh, fait-elle en se mâchouillant la joue. Et c'est quoi ?

Je lui explique ce que j'ai noté, puis on se campe face à face dans l'arène. On démarre lentement, en dosant la force de nos coups pour ne pas se faire mal. Je dois lui taper régulièrement le coude pour lui rappeler de mettre sa main devant son visage, mais au moins, une demi-heure plus tard, elle bouge mieux qu'avant.

— Cette fille que tu combats demain, je la frapperais là, à la mâchoire, dis-je en frôlant la mienne. Un bon uppercut et ça pourrait le faire. Vas-y, essaie.

Elle se met en position et je constate avec satisfaction qu'elle plie les genoux et qu'il y a dans son attitude un ressort qui n'y était pas avant. On se tourne autour pendant quelques instants, puis elle frappe, en laissant tomber sa main gauche de son visage. Je pare le premier coup et je lance une attaque dans l'espace qu'elle a dégagé en baissant sa garde. À la dernière seconde, j'arrête mon poing dans le vide et je la regarde en haussant les sourcils.

— En fait, me dit-elle en se redressant, je retiendrais peut-être mieux la leçon si tu me frappais pour de bon.

Son visage est rougi par l'effort et une ligne de sueur brille à la racine de ses cheveux. Son regard est vif et concentré. Pour la première fois, je me rends compte qu'elle est jolie. Pas selon mes critères habituels – elle n'a rien de doux ni de délicat – mais d'une beauté qui dégage de la force et du sérieux.

— Je préférerais éviter, dis-je.

— Ce que tu prends pour un vague reste de galanterie d'Altruiste est plutôt une insulte, figure-toi. Je suis une grande fille, pas une chochotte.

— Ce n'est pas ça, protesté-je. Ce n'est pas parce que tu es une fille. C'est juste que... la violence gratuite, c'est pas vraiment mon truc.

— Scrupule de Pète-sec ?

— Non, même pas. Les Pète-sec sont contre la violence, point. Mets un Pète-sec chez les Audacieux et il s'en prendra plein la face, dis-je en lâchant un petit sourire. (Je n'ai pas l'habitude d'employer l'argot des Audacieux, mais ça fait du bien de le revendiquer, de m'autoriser à me détendre en adoptant leurs expressions.) Moi, c'est juste que je ne vois pas la violence comme un jeu.

C'est la première fois que je formule ça devant quelqu'un. Je sais pourquoi ça ne peut pas être un jeu pour moi : parce que pendant très longtemps, ça a constitué ma réalité, envahi ma vie éveillée comme mon sommeil. Ici, j'apprends à me défendre, à être plus fort, mais une chose que je n'ai pas apprise, que je refuse d'apprendre, c'est à prendre plaisir à causer de la souffrance. Si je dois devenir un Audacieux, je le ferai selon mes propres règles, quitte à ce qu'une partie de moi reste toujours un Pète-sec.

— OK, me dit-elle. Bon, on reprend.

On s'entraîne jusqu'à ce qu'elle maîtrise l'uppercut, en empiétant sur l'heure du dîner. En sortant de la salle, elle me remercie et passe machinalement un bras autour de mes épaules. Ce n'est qu'un geste rapide, mais elle rit en me voyant me raidir.

— « Comment devenir un Audacieux en dix leçons », fait-elle. Leçon un : les gestes d'affection sont autorisés entre amis.

— Parce qu'on est amis ? relevé-je, mi-blaguant, mi-sérieux.

— Oh, ça va.

Et elle s'éloigne à petites foulées en direction du dortoir.

+++

Le lendemain matin, Amar passe sans s'arrêter devant la salle d'entraînement et conduit tous les novices dans un couloir sinistre qui s'achève sur une lourde porte. Après nous avoir dit de nous asseoir le long du mur, il disparaît derrière la porte sans explications. Je regarde ma montre ; le combat de Shauna doit commencer d'une minute à l'autre. Les natifs étant plus nombreux que les transferts, cette première phase de l'initiation prend plus de temps pour eux que pour nous.

Eric s'est assis le plus loin possible de moi, ce dont je me réjouis. La nuit qui a suivi notre combat, j'ai réalisé qu'il pourrait dire à tout le monde que je suis le fils de Marcus Eaton, rien que pour se venger de sa défaite, mais il n'en a rien fait. Je me demande s'il attend le bon moment ou s'il a une autre raison de se taire. Quoi qu'il en soit, j'ai sans doute intérêt à maintenir un maximum de distance avec lui.

— Qu'est-ce qu'il y a là-dedans, à votre avis ? demande nerveusement Mia, la transfert des Fraternels.

Personne ne lui répond. Je ne sais pas pourquoi, je n'ai pas d'appréhension. Il n'y a rien derrière cette porte qui puisse me faire du mal. Et quand Amar réapparaît dans le couloir et m'appelle, je ne jette pas de coups d'œil désespérés vers mes camarades. Je me contente de le suivre.

La pièce, sombre et miteuse, ne comprend qu'un ordinateur et un fauteuil incliné, comme celui de la pièce du test d'aptitudes. Sur l'écran d'ordinateur s'affiche un programme qui se résume à des lignes de texte noir sur fond blanc. Au lycée, je me portais toujours volontaire pour travailler dans le labo informatique, m'occuper de la maintenance, voire réparer les ordinateurs en panne. Je travaillais sous la surveillance d'une Érudite qui s'appelait Katherine, et qui m'en a appris bien plus qu'elle n'avait à le faire, ravie de partager ses connaissances avec quelqu'un de motivé. Alors, en regardant ce langage codé, je sais de quel genre de programme il s'agit.

— Une simulation ?

— Moins tu en sais, mieux c'est, réplique Amar. Assieds-toi.

J'obéis, en me laissant aller dans le fauteuil, les bras sur les accoudoirs. Amar prépare une seringue et la brandit à la lumière pour s'assurer que la fiole de liquide est bien vissée. Il me plante l'aiguille dans le cou sans prévenir et appuie sur le piston. Je tressaille.

— Voyons laquelle de tes quatre peurs se manifeste en premier, dit-il. C'est que je commence à trouver ça monotone, moi. Il serait temps que tu te renouvelles.

— Je te promets de faire mon possible.

Et la simulation m'engloutit.

+++

Je suis assis sur un banc en bois, à une table de cuisine

Altruiste, devant une assiette vide. Tous les stores sont baissés et la seule source de lumière est le filament orange de l'ampoule suspendue au-dessus de la table. Je regarde fixement le tissu sombre qui me couvre les jambes.

Pourquoi suis-je habillé en noir et non en gris ?

Quand je relève la tête, il – Marcus – se tient en face de moi. Un instant, je retrouve sur son visage l'expression que je lui ai vue il n'y a pas si longtemps dans la salle de la cérémonie du Choix, avec sa bouche crispée et ses yeux bleu sombre.

Je porte du noir parce que maintenant, je suis un Audacieux, me rappelé-je. *Dans ce cas, qu'est-ce que je fais assis en face de mon père dans une maison d'Altruiste ?*

Les contours de l'ampoule se reflètent dans mon assiette.

Ce n'est qu'une simulation, pensé-je.

Puis la lumière se met à clignoter et Marcus redevient le monstre aux traits déformés que je vois toujours dans mon paysage des peurs, avec des trous à la place des yeux et une grande bouche vide. Il se jette en avant par-dessus la table, les mains tendues, et je vois qu'il a des lames de rasoir en guise d'ongles.

Il fouette l'air pour m'atteindre et je tombe du banc en essayant de l'esquiver. Je me relève tant bien que mal et je fonce au salon. J'y trouve un deuxième Marcus près du mur, qui tente de m'attraper. Je fonce vers la porte d'entrée, mais elle est condamnée par des parpaings. Je suis piégé.

Haletant, je me précipite dans l'escalier. Je trébuche en arrivant sur le palier et m'étale sur le plancher. Un nouveau Marcus ouvre de l'intérieur la porte du cagibi ; un autre sort de la chambre de mes parents ; un troisième arrive de la salle de bains en griffant le sol. Je me plaque contre le mur. La maison est plongée dans le noir. Il n'y a plus de fenêtres.

Cet endroit est plein de lui.

Brusquement, l'un des Marcus est là, en face de moi, qui m'écrase contre le mur en serrant les mains autour de ma gorge. Un autre laboure mes bras de ses griffes, provoquant une douleur si aiguë qu'elle me fait monter les larmes aux yeux.

Je suis paralysé, paniqué

J'avale une goulée d'air ; impossible de crier. Je ne sens que la douleur et les battements de mon cœur et je lance des coups de pied désespérés, qui ne frappent que du vide. Le Marcus qui m'étrangle me soulève de terre contre le mur, et mes orteils ne touchent plus le sol. Mes membres sont mous comme ceux d'une poupée de chiffon. Je ne peux pas bouger.

Cet endroit, cet endroit est plein de lui. *Ce n'est pas la réalité*, me rappelé-je. *Ce n'est qu'une simulation.* Comme dans le paysage des peurs.

Il y a d'autres Marcus à mes pieds, maintenant, qui tendent les mains pour m'attraper, et j'ai sous les yeux une mer de lames de rasoir. Leurs doigts me saisissent les jambes, y font des entailles, et je sens une traînée de liquide chaud couler dans mon cou tandis que le Marcus qui m'étouffe resserre son emprise.

Une simulation, me répété-je. J'essaie de réinsuffler de la vie dans chacun de mes membres. Je visualise mon sang qui bouillonne, qui court dans mes veines. Je frappe le mur du plat de la main, et je tâtonne à la recherche d'une arme. L'un des Marcus lève les doigts à la hauteur de mes yeux et je hurle en me débattant tandis que les lames s'enfoncent dans mes paupières.

À défaut d'une arme, mes mains trouvent une poignée de porte. Je la tourne d'un coup sec et je tombe dans un deuxième cagibi. J'échappe aux Marcus, qui ont lâché leur prise sur moi. Dans le cagibi, il y a une fenêtre, juste assez grande pour que je m'y faufile. Tandis qu'ils me poursuivent dans le noir, je brise la vitre d'un coup d'épaule. L'air frais m'emplit les poumons.

Je me redresse dans le fauteuil en cherchant mon souffle.

Je me tâte la gorge, les bras, les jambes, à la recherche de plaies qui n'y sont pas. Je sens encore les coupures et le sang qui s'écoule de mes veines, et pourtant ma peau est intacte.

Ma respiration s'apaise, et mes pensées avec elle.

Assis devant l'ordinateur, relié à la simulation, Amar me dévisage.

— Quoi ? dis-je, essoufflé.

— Ça a duré cinq minutes.

— C'est beaucoup ?

— Non, répond-il, les sourcils froncés. Au contraire. C'est excellent.

Je pose les pieds par terre, puis je prends ma tête entre mes mains. Même si je n'ai pas paniqué longtemps au cours de la simulation, l'image monstrueuse de mon père essayant de me crever les yeux à coups de lames de rasoir n'arrête pas de ressurgir dans mon esprit, et mon rythme cardiaque remonte en flèche à chaque fois.

— Le sérum agit toujours ? demandé-je en serrant les dents. C'est pour ça que je panique ?

— Non, ça s'arrête à la fin de la simulation. Pourquoi ?

Je secoue les mains pour chasser mes fourmis dans les doigts. Je secoue la tête. *Ce n'était pas la réalité*, me dis-je. *Oublie.*

— Parfois, la panique induite par la sim' peut perdurer un peu, selon ce que tu as vu, précise Amar. Je te ramène au dortoir.

— Pas la peine. Ça va aller.

Il me regarde durement.

— Ça n'était pas une suggestion.

Il se lève pour aller ouvrir une porte qui se trouve derrière le fauteuil. Je le suis dans un petit couloir sombre, puis dans les galeries aux parois de pierre qui mènent au dortoir des transferts. Les seuls bruits que j'entends sont celui de ma propre respiration et l'écho de nos pas.

Il me semble distinguer quelque chose – un mouvement sur ma gauche – qui me fait tressaillir, et je rase le mur opposé. Amar m'arrête en posant les mains sur mes épaules pour me forcer à le regarder.

— Hé, reprends-toi, Quatre.

Je hoche la tête en sentant le rouge me monter aux joues. Un profond sentiment de honte me noue l'estomac. Je suis censé être un Audacieux. Je ne suis pas censé avoir peur que des Marcus monstrueux me poursuivent dans le noir. Je m'appuie contre le mur de pierre en prenant une grande inspiration.

— Je peux te poser une question ? me demande Amar.

Je me raidis, croyant qu'il va m'interroger sur mon père, mais non.

— Comment es-tu sorti de ce couloir dans la simulation ?

— J'ai ouvert une porte.

— Il y avait une porte derrière toi pendant tout ce temps ? Il y en avait une chez toi ?

Je fais non de la tête.

Le visage habituellement jovial d'Amar devient grave.

— Donc, tu l'as créée à partir de rien ?

— Ouais. Les simulations, ça n'existe que dans nos têtes. Ma tête à moi a construit une porte pour me libérer. Il suffisait que je me concentre.

— Bizarre.

— Quoi ? Pourquoi ?

— En général, m'explique-t-il, les novices n'arrivent pas à créer des objets de toutes pièces dans ces simulations, parce que contrairement aux paysages des peurs, ils ne sont pas *conscients* d'être dans une simulation. En conséquence, ils mettent beaucoup plus de temps que toi à en sortir.

J'ai une palpitation dans la gorge. Je n'avais pas compris que le principe de ces simulations était différent de celui du paysage des peurs ; je pensais que tout le monde restait conscient de la réalité, là aussi. Mais apparemment, ce serait plutôt comme dans le test d'aptitudes, pour lequel mon père m'avait mis en garde et poussé à cacher ma lucidité sous simulation. Je me rappelle encore son insistance, la tension dans sa voix et la façon dont il m'a serré le bras un peu trop fort.

Sur le coup, j'ai songé qu'il ne me parlerait jamais de cette manière s'il n'était pas réellement inquiet pour moi. Pour ma sécurité.

Était-ce simplement de la paranoïa de sa part, ou le fait d'être conscient lors des simulations présente-t-il vraiment un danger ?

— J'étais comme toi, reprend Amar plus bas. Je pouvais intervenir sur les simulations. Mais je croyais être le seul.

J'ai envie de lui conseiller de garder ça pour lui, de protéger son secret. Mais les Audacieux ne cultivent pas le sens du secret comme les Altruistes, avec leurs sourires contraints et leurs maisons toutes semblables et bien ordonnées.

Amar me regarde d'un drôle d'air – un peu avide, comme s'il attendait quelque chose de moi. Je me dandine d'un pied sur l'autre, gêné.

— À ta place, j'éviterais de m'en vanter, me recommande-t-il.

Les Audacieux sont tout aussi conformistes que les autres factions. C'est juste moins flagrant chez nous.

J'acquiesce d'un hochement de tête.

— À mon avis, c'est juste de la chance, dis-je. Je n'ai pas réussi à faire ça pendant le test d'aptitudes. La prochaine fois, ça se passera sans doute plus normalement.

— Bon, fait-il, dubitatif. En tout cas, essaie de ne rien faire d'impossible, OK ? Affronte ta peur d'une manière rationnelle, qui paraisse toujours logique, que tu sois conscient de la simulation ou pas.

— OK.

— Ça va aller, là ? Tu peux retourner au dortoir tout seul ?

J'ai envie de lui dire que j'aurais pu le faire dès le début ; je n'ai jamais eu besoin qu'il m'accompagne. Mais je me contente de hocher la tête à nouveau. Il me donne une tape amicale sur l'épaule et repart vers la salle de simulation.

Je ne peux pas m'empêcher de penser que mon père ne m'a pas dissuadé de révéler mon état de conscience lors des simulations simplement par souci des normes. Il n'arrêtait pas de me reprocher de lui faire honte devant les Altruistes, mais jamais auparavant il ne m'avait chuchoté des mises en garde, ni expliqué concrètement comment éviter un faux pas. Jamais il ne m'avait fixé ainsi, les yeux écarquillés, jusqu'à ce que je promette de suivre ses instructions.

Ça me fait bizarre, de me dire qu'il a dû essayer de me protéger. Comme s'il n'était pas le monstre que j'imagine, celui que je vois dans mes pires cauchemars.

En me remettant en route vers le dortoir, j'entends un bruit derrière moi au fond du couloir – un bruit ténu, comme un frottement de semelles, qui s'éloigne dans l'autre sens.

+++

Quand j'entre dans la cafétéria pour le dîner, Shauna me fonce dessus et m'accueille par un violent coup de poing dans le bras, et un sourire si large qu'il lui coupe le visage en deux. Elle a un renflement juste sous l'œil droit – elle se prépare un bel œil au beurre noir.

– J'ai gagné ! J'ai fait comme tu m'avais dit, je l'ai chopée à la mâchoire dans les soixante premières secondes, ça l'a totalement déstabilisée. Elle m'a quand même touchée à l'œil, parce que j'ai baissé ma garde, mais je l'ai démontée juste après. Je lui ai mis le nez en sang. C'était trop cool

Je souris fièrement. Je n'aurais pas cru que c'était aussi gratifiant d'apprendre à quelqu'un à faire quelque chose, et de découvrir ensuite que ça a marché.

– Bien joué.

– Je n'y serais pas arrivée sans toi.

Son sourire s'est adouci et sa mine euphorique se fait plus sérieuse.

Elle se hisse sur la pointe des pieds et m'embrasse sur la joue.

Je la regarde fixement. Elle rit en m'entraînant vers la table où Zeke est assis avec d'autres natifs. Je me rends compte que mon problème n'est pas d'être un Pète-sec, mais de ne pas savoir quel sens attribuer à ces gestes d'affection qu'ils ont ici. Shauna est jolie, et drôle. Chez les Altruistes, si je m'intéressais à elle, j'irais dîner chez ses parents, je découvrirais à quel projet bénévole elle participe et je m'arrangerais pour en faire partie. Chez les Audacieux, je n'ai pas la moindre idée des procédures à suivre. Je ne sais même pas comment déterminer si elle me plaît assez pour ça.

Je décide de ne pas me laisser distraire, du moins pour l'instant. Je prends une assiette et je m'assois pour manger, en écoutant les autres parler et rire ensemble. Tout le monde félicite Shauna pour sa victoire, et ils montrent du doigt la fille qu'elle a battue, assise à une autre table, le visage tuméfié. À la fin du repas, alors que je donne des petits coups de fourchette dans mon gâteau au chocolat, deux Érudites entrent dans la salle.

Il en faut beaucoup pour faire taire les Audacieux, et même cette arrivée soudaine n'y parvient pas totalement – il y a encore des murmures partout, qui font comme un bruit de gens qui courent au loin. Mais comme elles s'assoient à côté de Max et que rien ne se produit, les conversations ne tardent pas à reprendre. Je ne m'y mêle pas. Je garde un œil sur la table de Max en continuant à transpercer mon gâteau à coups de fourchette.

Max se lève et se dirige vers Amar. Ils discutent d'un air tendu, puis se mettent à marcher dans ma direction. Vers *moi*.

Amar me fait signe. Je laisse mon plateau presque vide sur la table.

— On a été appelés pour une évaluation, m'annonce-t-il.

Sa bouche toujours souriante n'est plus qu'une ligne droite, sa voix toujours modulée soudain monocorde.

— Une évaluation ?

Max m'adresse un sourire discret.

— Les résultats de ta simulation sont un peu surprenants. Nos amies Érudites que voici...

Je regarde les deux femmes par-dessus mon épaule. Avec un sursaut, je reconnais Jeanine Matthews, la porte-parole des Érudits. Elle est vêtue d'un tailleur bleu impeccable et porte une paire de lunettes accrochée à une chaîne autour de son coù, symbole de vanité Érudite qui m'apparaît soudain caricatural jusqu'à l'absurde. Max poursuit :

— ... nos amies vont t'observer dans une nouvelle simulation pour s'assurer que l'anomalie de ces résultats ne provient pas d'une erreur dans le programme. Amar va te conduire dans la salle.

Je sens les doigts de mon père serrés comme un étau autour de mon bras, j'entends sa voix sifflante, m'avertissant de ne rien faire d'étrange au cours de la simulation. J'ai des fourmis dans les paumes, signal que je suis au bord de la panique. Je ne peux plus parler. Alors je me contente de hocher la tête en regardant Max, puis Amar. J'ignore ce que signifie le fait de rester lucide au cours d'une simulation, mais ça ne doit pas être bon. Jeanine Matthews ne se déplacerait jamais jusqu'ici rien que pour assister à ma simulation s'il n'y avait pas un sérieux problème.

On se rend à la salle de simulation sans échanger un mot, suivis de Jeanine et de son assistante – je suppose – qui chuchotent derrière nous. Amar ouvre la porte et attend que tout le monde soit entré.

— Je vais chercher le matériel pour vous permettre de suivre, leur dit-il. Je reviens.

Jeanine arpente la salle d'un air pensif. Je ne lui fais pas confiance ; comme tous les Altruistes, on m'a appris à me méfier de la vanité et de l'avidité des Érudits. Mais en la regardant, je me fais la réflexion que ce qu'on m'a inculqué n'est pas forcément vrai. L'Érudite qui m'a montré comment démonter un ordinateur quand j'étais bénévole au labo informatique du lycée n'était ni avide ni vaniteuse ; il se peut que Jeanine Matthews ne le soit pas non plus.

— Tu es enregistré dans le système sous le nom de Quatre, me dit-elle au bout de quelques instants.

Elle arrête de marcher et croise les bras.

— Cela me surprend. Pourquoi ne te fais-tu pas appeler Tobias ?

Elle sait qui je suis. Évidemment. Elle sait tout, non ? J'ai la sensation que tous mes organes se rétractent, s'effondrent les uns sur les autres. Elle connaît mon nom, elle connaît mon père, et si elle a vu mon paysage des peurs, elle connaît aussi l'aspect le plus sombre de ma vie. Ses yeux clairs, presque aqueux, frôlent les miens et je détourne le regard.

— Je voulais repartir de zéro, dis-je.

Elle hoche la tête.

— C'est une chose que je peux comprendre. Surtout compte tenu de ce que tu as traversé.

Elle parle presque avec... douceur. Son ton me hérisse et je la fixe droit dans les yeux.

— Tout va très bien, répliqué-je froidement.

— J'en suis certaine, me répond-elle avec un léger sourire.

Amar revient en poussant un chariot chargé de fils, d'électrodes et de moniteurs. Je sais ce que je dois faire ; je m'assois dans le fauteuil inclinable et je pose les bras sur les accoudoirs tandis que les autres se branchent sur la simulation. Amar s'approche de moi avec une aiguille et je reste immobile tandis qu'elle se plante dans mon cou.

Je ferme les yeux, et le monde bascule de nouveau.

+++

Quand je rouvre les yeux, je suis au sommet d'une tour,

à une hauteur vertigineuse, tout près du rebord. Tout en bas, je distingue l'asphalte, les rues désertes, personne pour m'aider. Le vent me gifle de toutes parts et je me laisse tomber à la renverse sur le toit couvert de graviers.

Je n'éprouve aucun plaisir à être là-haut, à contempler l'immensité du ciel qui m'entoure, à me dire que je me trouve au point le plus haut de la ville. Je me rappelle que Jeanine Matthews m'observe ; je me jette contre la porte d'accès au toit pour essayer de l'ouvrir, tout en réfléchissant à une stratégie. Je pourrais affronter ma peur en sautant, sachant que ce n'est qu'une simulation et que je ne peux pas mourir. Mais personne ne ferait ça ; n'importe qui chercherait un moyen de descendre sans risquer sa vie.

Je passe en revue toutes les solutions. Je ne dispose d'aucun outil pour ouvrir cette porte ; il n'y a rien d'autre autour de moi que le toit, la porte et le ciel. Je ne peux pas créer cet outil, parce que c'est précisément le genre de manipulation de simulation que Jeanine attend. Je recule pour donner de violents coups de talon dans la porte, mais elle ne bouge pas d'un pouce.

Le pouls battant jusque dans ma gorge, je retourne en bordure du toit. Au lieu de me pencher pour regarder le trottoir minuscule tout en bas, j'observe la tour. En dessous de moi, il y a des centaines de fenêtres, avec des rebords. Le chemin le plus rapide, le plus Audacieux, est de descendre la façade en varappe.

J'enfouis mon visage dans mes mains. Je sais que c'est une simulation, mais ça semble tellement réel : la fraîcheur du vent qui siffle dans mes oreilles, le béton rugueux sous mes paumes, le crissement du gravier dispersé par mes semelles. Je passe une jambe dans le vide avec un frisson et je me retourne face à la tour en m'abaissant, une jambe après l'autre, jusqu'à ce que je me retrouve suspendu au rebord par les mains.

La panique monte en moi et je lâche un cri sourd, les mâchoires serrées. *Bon sang.* Je hais le vide – *je le hais.* Je cligne des yeux pour chasser les larmes, que je mets sur le compte du vent, et mes orteils tâtonnent à la recherche du rebord de fenêtre le plus proche. Une fois mes pieds bien calés, je cherche d'une main le haut de la fenêtre, et je prends appui sur mes talons pour me rétablir d'une poussée en avant contre la vitre.

Je manque de basculer en arrière et je crie de nouveau, en serrant les dents si fort qu'elles grincent.

Je vais devoir recommencer. Encore et encore.

Je me plie, une main agrippée en haut de la fenêtre et l'autre en bas. Une fois ma prise assurée, je laisse glisser mes pieds le long de la façade, en les entendant racler contre la pierre, et je me suspends de nouveau.

Cette fois, en me laissant glisser vers le rebord de l'étage d'en dessous, je ne me tiens pas assez fermement. Et quand mon pied dérape, je pars en arrière. Je griffe la façade en béton pour me rattraper, mais trop tard ; je tombe à pic et un nouveau cri fuse en moi, me déchire la gorge. Je pourrais créer un filet en bas ; ou une corde pour me sauver... Non, je ne dois rien créer ou ils sauront ce que je fais.

Je me laisse tomber. Je me laisse mourir.

Je me réveille, la vue brouillée par la terreur et les larmes, chaque recoin de mon corps traversé par la douleur, une douleur hurlante, créée par mon esprit. Je me projette en avant dans un violent sursaut, à court d'oxygène. Tout mon corps tremble. J'ai honte de me comporter ainsi en public, mais au moins, c'est pour la bonne cause. Ça leur montrera que je n'ai rien de différent ; que je ne suis qu'un Audacieux de plus qui s'est cru capable de descendre le long d'une tour à mains nues, et qui a échoué.

— Intéressant, commente Jeanine, d'une voix que j'ai du mal à entendre par-dessus mon souffle rauque. Je ne me lasserai jamais d'observer le cerveau des gens. Chaque détail est si révélateur.

Je tourne les jambes – qui tremblent toujours – et je pose les pieds par terre.

— Tu t'en es bien sorti, me dit Amar. Tes talents d'escalade laissent un peu à désirer, mais tu as mis fin à la simulation très vite, comme la dernière fois.

Il me sourit. J'ai dû réussir à faire semblant d'être normal, parce qu'il n'a plus du tout l'air inquiet.

Je hoche la tête.

— On dirait bien que l'anomalie du résultat de ton test était due à une erreur dans le système, déclare Jeanine. On va devoir passer en revue le programme de simulation pour trouver le défaut. Bon, Amar, maintenant, j'aimerais bien voir l'une de *vos* simulations de peur, si cela ne vous ennuie pas.

— Les miennes ? Mais pourquoi ?

Jeanine ne se départit pas de son doux sourire.

— Nos informations suggèrent que l'anomalie du résultat de Tobias ne vous a pas alerté – en d'autres termes, qu'il ne vous a pas surpris. J'aimerais donc m'assurer que ce n'est pas votre expérience personnelle qui explique cette absence de surprise.

— Vos informations ? répète Amar. Des informations provenant de quelle source ?

— Un novice s'est présenté pour nous faire part de ses inquiétudes concernant votre bien-être et celui de Tobias.

Je préférerais respecter son anonymat. Tobias, tu peux partir. Merci pour ta coopération.

Je regarde Amar, qui me fait un petit signe de tête. Je me lève, encore un peu chancelant, et je sors en laissant la porte entrouverte pour pouvoir écouter. Mais à peine suis-je dans le couloir que l'assistante de Jeanine la referme et je n'entends plus rien, même en y collant l'oreille.

Un novice s'est présenté pour faire part de ses inquiétudes – je n'ai pas de mal à deviner lequel. Le seul novice venant de chez les Érudits : Eric.

+++

Pendant une semaine, il semble que la visite de Jeanine Matthews n'aura pas de suites. Tous les novices, les natifs comme les transferts, subissent quotidiennement des simulations de peur, et quotidiennement, je me laisse consumer par mes propres terreurs : peur du vide, claustrophobie, peur de la violence et de Marcus. Parfois, elles se mélangent : Marcus en haut d'une tour, la violence dans des espaces confinés. Je me réveille toujours dans un demi-délire, tremblant, honteux que même en n'ayant que quatre peurs, je sois pourtant le seul qui n'arrive pas à s'en débarrasser une fois la simulation terminée. Elles s'insinuent en moi quand je m'y attends le moins, peuplant mes journées de frissons violents et de paranoïa et mon sommeil de cauchemars. Je grince des dents, je sursaute au moindre bruit, mes mains s'engourdissent sans crier gare. Je crains de devenir fou avant la fin de l'initiation.

— Ça va ? s'inquiète Zeke un matin au petit-déjeuner. Tu as l'air... épuisé.

— Ça va très bien, répliqué-je, plus sèchement que je ne l'aurais voulu.

— Oui, ça crève les yeux, me répond-il avec un grand sourire. On a le droit de ne pas aller bien, je te signale.

— Ouais, c'est ça, fais-je en me forçant à finir mon assiette, bien que tout ce que je mange ces jours-ci ait un goût de plâtre.

Si j'ai l'impression de perdre la tête, en revanche, je prends du poids ; principalement du muscle. C'est curieux d'occuper autant d'espace rien qu'en existant, pour moi qui devenais si facilement invisible avant. Ça me donne le sentiment d'être un peu plus fort, un peu plus stable.

Zeke et moi allons rapporter nos plateaux. Alors qu'on se dirige vers la Fosse, son petit frère – Uriah – nous rejoint en courant. Il est déjà plus grand que Zeke, et un pansement derrière son oreille protège un tatouage tout neuf. Il n'a pas son expression habituelle, qui lui donne toujours l'air de préparer un bon coup. Là, il semble juste sonné.

— Amar… commence-t-il, un peu essoufflé. Amar est… Amar est mort, achève-t-il en secouant la tête.

Je lâche un petit rire. Confusément, je sais que ce n'est pas la réaction appropriée, mais je ne peux pas m'en empêcher.

— Quoi ? Comment ça, il est *mort* ? dis-je.

— Une Audacieuse a trouvé un corps près de la Flèche tôt ce matin. Ils viennent de l'identifier. Il… Il a dû…

— Sauter ? achève Zeke.

— Ou tomber, on ne sait pas.

Je m'engage sur le chemin qui monte le long de la Fosse. D'habitude, je grimpe presque plaqué contre le mur à cause du vertige, mais cette fois, je ne songe même pas à ce qu'il y a en bas. Je croise sans les voir des enfants qui courent en criant, des gens qui entrent et sortent des boutiques. Je monte l'escalier suspendu au plafond de verre.

Des gens se sont amassés dans le hall de la Flèche. Je m'y fraye un passage à coups de coude. Certains m'injurient ou me rendent mes coups de coude, mais je m'en fiche. Je me faufile jusqu'au bout de la salle, jusqu'aux parois de verre surplombant la rue. Là, dehors, il y a une zone délimitée par du ruban adhésif, et une tache rouge sombre sur le trottoir.

Je reste longtemps à la fixer, jusqu'à ce que j'arrive à intégrer l'idée que cette tache vient du sang d'Amar, du choc de son corps avec le sol.

Puis je m'en vais.

+++

Je ne connaissais pas assez Amar pour avoir du chagrin au sens où j'ai appris à le définir. Le chagrin, c'est ce que j'ai éprouvé après la mort de ma mère, un poids que j'essayais de surmonter jour après jour sans y parvenir. Je me souviens que je devais m'arrêter au milieu de simples tâches pour me reposer, en oubliant de les reprendre, ou que je me réveillais au milieu de la nuit avec le visage trempé de larmes.

La perte d'Amar n'est pas comparable. De temps en temps, je me surprends à la ressentir, quand je me rappelle que c'est lui qui m'a donné mon surnom, qu'il m'a protégé alors qu'il ne me connaissait pas. Mais la plupart du temps, je suis en colère. Sa mort a un rapport avec l'évaluation de sa simulation de peur et avec Jeanine Matthews. Je le sais. Et ça signifie que ce qui est arrivé est de la faute d'Eric, parce qu'il a épié notre conversation et qu'il est allé la répéter au leader de son ancienne faction.

Les Érudits ont assassiné Amar. Et tout le monde pense qu'il a sauté, ou qu'il est tombé. Parce que ce sont des choses qui arrivent chez les Audacieux.

Ce soir-là, il y a une cérémonie du souvenir en son honneur. Les Audacieux sont tous ivres dès la fin de l'après-midi. On se rassemble près du gouffre et Zeke me passe un gobelet de liquide sombre, que j'avale sans réfléchir. Je lui rends le gobelet en vacillant légèrement, tandis que l'alcool diffuse dans mon corps une sensation d'apaisement.

— Pas mal, approuve Zeke en regardant le gobelet vide. Je vais t'en chercher un autre.

J'approuve d'un hochement de tête, en écoutant le rugissement du gouffre. Jeanine Matthews a paru admettre que l'anomalie de mes résultats n'était qu'une erreur dans le programme, mais si ce n'était qu'une ruse ? Si elle s'en prenait à moi comme elle s'en est prise à Amar ? J'essaie de repousser cette pensée dans les tréfonds de mon esprit, là où je ne pourrai pas la retrouver.

Une main à la peau sombre, couturée de cicatrices, s'abat sur mon épaule, et Max se dresse devant moi.

— Ça va, Quatre ?

— Ouais.

Et c'est vrai, je vais bien. Je vais bien parce que je tiens encore sur mes jambes et que j'arrive toujours à articuler.

— Je sais qu'Amar s'intéressait particulièrement à toi. Je crois qu'il avait détecté un fort potentiel chez toi, me dit Max en esquissant un sourire.

— Je ne le connaissais pas bien.

— Il a toujours été un peu perturbé, un peu instable. Différent des autres novices de son groupe. Je crois que la perte de ses grands-parents a été un grand choc pour lui. Ou c'était peut-être plus profond... je ne sais pas. Il est peut-être mieux là où il est.

— Mieux *mort* que vivant ? fais-je, choqué.

— Ce n'est pas tout à fait ce que j'ai voulu dire, rectifie Max. Mais nous, les Audacieux, on encourage nos membres à choisir leur propre chemin. Si c'est ce qu'il a choisi... c'est déjà ça.

Il pose de nouveau une main sur mon épaule.

— En fonction des résultats de ton examen final demain, on devrait parler de l'avenir que tu souhaiterais avoir ici. Malgré tes origines, tu es de loin notre novice le plus prometteur.

Je le dévisage. Je ne comprends même pas de quoi il parle, ni pourquoi il me dit ça ici, à la cérémonie du souvenir en l'honneur d'Amar. Est-il en train d'essayer de me *recruter* ? Pour faire quoi ?

Zeke revient avec deux gobelets et Max disparaît dans la foule comme si de rien n'était. Un ami d'Amar grimpe sur une chaise et crie un truc absurde vantant son courage pour s'être « jeté dans l'inconnu ».

Tout le monde lève son verre et martèle : « Amar, Amar, Amar »... Ils le répètent tant de fois que le mot en perd son sens, se fond dans un grondement implacable, continu, qui emporte tout.

Ensuite, tout le monde boit. C'est comme ça que les Audacieux font leur deuil : en noyant le chagrin dans l'oubli de l'alcool et en l'y laissant.

Très bien. Parfait. Moi aussi, je peux faire ça.

+++

Le paysage des peurs de mon examen final est supervisé par

Tori sous l'œil des leaders Audacieux, dont Max. Je passe à peu près en milieu de liste, et pour la première fois, je n'éprouve pas une once de nervosité. Dans le paysage des peurs, tout le monde reste lucide pendant la simulation ; je n'ai rien à cacher. Je m'enfonce l'aiguille dans le cou et je laisse la réalité disparaître.

J'ai fait ça des dizaines de fois. Je me retrouve au sommet d'une tour et je saute du toit en courant. Je suis enfermé dans une caisse, où je me laisse paniquer brièvement avant de trouver le bon angle et de défoncer le bois d'un coup d'épaule, d'une manière qui n'a rien de réaliste. Je prends un pistolet pour tirer dans la tête d'un innocent – un homme sans visage vêtu du noir des Audacieux, cette fois –, sans même y penser.

Cette fois-ci, quand les Marcus me cernent, ils ressemblent plus au vrai Marcus que précédemment. Leur bouche est sa bouche, bien que ses yeux restent des trous noirs. Et quand ils lèvent le bras pour me frapper, c'est une ceinture qu'ils tiennent et non une chaîne barbelée ou toute autre arme capable de me déchiqueter. Je prends quelques coups, avant de plonger sur le Marcus le plus proche en serrant les mains autour de sa gorge. Je le frappe au visage comme une brute, et j'ai juste le temps de tirer de cette violence un éclair de satisfaction avant de me réveiller, accroupi sur le plancher de la salle du paysage des peurs.

Dans la salle contiguë, séparée par une paroi vitrée, les lumières s'allument et me révèlent ceux qui s'y trouvent. Je vois deux rangées de novices qui attendent, dont Eric, qui a maintenant tellement de piercings sur la lèvre que je rêve tous les jours de les lui arracher un par un. Au premier rang sont assis trois leaders Audacieux, qui hochent la tête en souriant d'un air approbateur. Tori me regarde en levant les pouces.

Je suis arrivé à l'examen en me disant que ça n'avait plus d'importance, que je me fichais de l'avoir, d'obtenir un bon score, de devenir un Audacieux. Mais le geste de Tori me remplit de fierté, et je m'autorise un petit sourire en sortant. Même si Amar est mort, il a toujours voulu que je réussisse. Je n'irais pas jusqu'à dire que je l'ai fait pour lui – au fond, je ne l'ai fait pour personne, pas même pour moi. Mais au moins, je ne lui ai pas fait honte.

Tous les novices qui ont fini, y compris les natifs, vont attendre leurs résultats dans le dortoir des transferts. Zeke et Shauna m'y accueillent avec des cris de joie. Je m'assois sur mon lit.

— Alors, comment ça s'est passé ? me demande Zeke.

— Bien. Sans surprise. Et vous ?

— Horrible, mais j'en suis sorti vivant, me répond-il en haussant les épaules. Et Shauna a eu droit à de nouvelles peurs.

— Bah, j'ai géré, commente-t-elle avec une fausse nonchalance.

Elle a un oreiller sur les genoux, celui d'Eric. Il ne va pas être content.

Elle arrête son numéro et un sourire radieux lui fend le visage.

— J'ai assuré à mort.

— Ouais, ouais, fait Zeke.

Elle le frappe en pleine figure avec l'oreiller. Il le lui arrache.

— Qu'est-ce que tu veux que je dise ? OK, t'as assuré. OK, t'es la meilleure Audacieuse de tous les temps. Ça te va, comme ça ?

Elle se prend un coup d'oreiller sur l'épaule.

— Elle n'a pas arrêté de frimer depuis le début des sim' parce qu'elle s'en sort mieux que moi. Elle m'énerve !

— Tu n'avais qu'à pas te vanter pendant l'entraînement au combat, rétorque-t-elle. « T'as vu ça, ce coup trop top que je lui ai collé dès les premières secondes ! » Et gna gna gna...

Elle le bouscule et il lui attrape les poignets. Elle se libère, lui balance une tape sur l'oreille et ils continuent à se battre en riant.

J'ai beau avoir du mal à interpréter les manifestations d'affection chez les Audacieux, il semble que je sois capable de reconnaître un flirt quand j'en vois un. Je souris. On dirait que la question Shauna est résolue. Non qu'elle m'ait beaucoup torturé. Ce qui est déjà une réponse en soi.

On attend ainsi encore une heure, tandis que les autres entrent au compte-gouttes. Le dernier à arriver est Eric, qui reste debout sur le seuil et nous regarde d'un air satisfait :

— C'est l'heure des résultats.

Tout le monde se lève et passe devant lui pour sortir. Certains semblent nerveux; d'autres, sûrs d'eux, roulent des mécaniques. J'attends qu'ils soient tous partis pour bouger. Je m'arrête devant la porte en croisant les bras, et je fixe Eric pendant quelques secondes.

— T'as un truc à me dire ? me demande-t-il.

— Je sais que c'est toi. C'est toi qui as parlé aux Érudits pour Amar.

— Je ne vois pas du tout de quoi tu parles.

Il est clair qu'il ment.

— C'est à cause de toi qu'il est mort.

Je suis surpris par la vitesse à laquelle ma colère monte. J'en tremble, le visage en feu.

— Tu as reçu un coup sur la tête pendant ton exam', Pète-sec ? me dit Eric avec un sourire narquois. Tu délires.

Je le pousse en arrière, brutalement, contre la porte. Puis je le bloque en lui tenant un bras – surpris, une fraction de seconde, d'être devenu aussi fort — et j'approche mon visage du sien.

— Je sais que c'est toi.

Je fouille ses yeux noirs à la recherche d'un sentiment, n'importe lequel. Je n'y trouve rien, rien qu'un regard de poisson mort, impénétrable.

— C'est à cause de toi qu'il est mort, et tu ne t'en tireras pas comme ça.

Je le lâche et je pars dans le couloir en direction de la cafétéria.

+++

La cafétéria est bourrée à craquer de gens habillés sur leur trente et un – version Audacieuse : piercings partout, rehaussés de bagues tape-à-l'œil, tous tatouages dehors, quitte à se promener le ventre à l'air. Du coup, je navigue dans cette mer de gens en essayant de garder les yeux au niveau des visages. Les arômes de pain, de gâteau, d'épices et de viande rôtie qui flottent dans l'air me font saliver. J'ai oublié de déjeuner.

Arrivé à ma table habituelle, je profite de ce que Zeke a le dos tourné pour voler du pain dans son assiette et j'attends debout avec les autres l'annonce des résultats. Espérons qu'ils ne vont pas nous laisser mariner trop longtemps. Mes pensées partent dans tous les sens, mes mains sont agitées de tics ; j'ai l'impression d'avoir les doigts dans une prise. Zeke et Shauna essaient de me parler, mais aucun de nous n'arrive à crier assez fort pour couvrir le tintamarre et on se résigne à attendre sans rien dire.

Max monte sur une table et lève les mains pour réclamer

le silence. Il l'obtient en partie, même s'il est impossible de faire taire complètement les Audacieux, dont quelques-uns continuent à parler et à blaguer comme si de rien n'était. J'arrive à entendre son discours, c'est l'essentiel.

— Il y a quelques semaines, dit-il, un groupe de novices maigrichons et terrifiés ont fait couler leur sang sur les charbons et effectué le grand saut chez les Audacieux. Pour être franc, je ne leur donnais pas une chance de tenir jusqu'à la fin de la première journée. (Il s'arrête pour laisser fuser les rires, qui effectivement fusent, même si sa blague n'était pas très bonne.) Mais je suis heureux d'annoncer que cette année, tous les novices ont obtenu le score requis pour devenir des Audacieux !

Tout le monde applaudit. Malgré l'assurance qu'ils seront acceptés, Zeke et Shauna échangent des coups d'œil inquiets ; reste à découvrir le classement, qui détermine le genre de travail auquel on pourra prétendre. Zeke passe un bras dans le dos de Shauna et lui presse l'épaule.

Je me sens de nouveau seul, tout à coup.

— Mais vous avez assez attendu, reprend Max. Je sais que nos novices sont sur des charbons ardents. Voici donc nos douze nouveaux membres !

Les noms des novices apparaissent derrière lui sur un grand écran, écrits assez gros pour que toute la salle puisse les lire. Par réflexe, je cherche aussitôt leurs noms :

6. Zeke

7. Ash

8. Shauna

Aussitôt, ma tension disparaît. Je remonte la liste vers les premiers et la panique me saisit l'espace d'une seconde, en ne trouvant pas mon nom. Enfin, il est là, tout en haut.

1. Quatre

2. Eric

Shauna laisse échapper un hurlement de joie et Zeke et elle m'étouffent dans une étreinte baveuse, manquant me faire tomber sous leur poids. Je ris en levant les bras pour les serrer à mon tour contre moi.

Quelque part dans le tohu-bohu, j'ai laissé tomber mon morceau de pain, que je piétine allègrement sous ma semelle. Je souris tandis que tout le monde m'entoure, des gens que je ne connais même pas, qui me tapent dans le dos avec des grands sourires en répétant mon nom. Mon nom qui est devenu simplement « Quatre », tous les soupçons sur mon origine et mon identité oubliés maintenant que je suis l'un des leurs, maintenant que je suis un Audacieux.

Je ne suis pas Tobias Eaton, plus maintenant, plus jamais. Je suis un Audacieux.

+++

Cette nuit-là, ivre d'excitation et gavé comme une oie, je quitte discrètement la fête et je prends le chemin qui mène tout en haut de la Fosse, à l'entrée de la Flèche. Je franchis les portes et j'inspire à fond l'air de la nuit, vif et rafraîchissant, contrastant avec la chaleur moite de la cafétéria.

Trop survolté pour tenir en place, je me dirige vers la voie ferrée. Un train arrive, signalé par la lumière clignotante de sa locomotive. Il passe en chargeant dans un bruit de tonnerre, plein de puissance et d'énergie. Je me penche en avant et je savoure pour la première fois le frisson de peur qui me prend au ventre, de me tenir aussi près du danger.

Puis je vois une forme sombre, humaine, debout dans l'un des derniers wagons, une longue silhouette qui se penche à l'extérieur en se tenant à la poignée. Pendant une seconde, alors que le train passe devant moi dans un brouillard, je distingue des cheveux bruns et bouclés et un nez busqué.

On dirait un peu ma mère.

Puis elle a disparu, partie avec le train.

LE FILS

LE PETIT APPARTEMENT EST NU, et on voit encore par terre la trace des coups de balai donnés dans les coins. Pour remplir cet espace, j'ai pour seules possessions mes vêtements d'Altruiste, fourrés au fond du sac que je porte à l'épaule. Je le jette sur le matelas et je cherche des draps dans les tiroirs sous le lit.

La loterie des Audacieux a été généreuse avec moi, parce que je suis sorti premier du classement et que, contrairement à mes camarades, j'ai souhaité vivre seul. Les autres, comme Zeke et Shauna, ont grandi au sein de la communauté des Audacieux et ne supporteraient ni le silence ni le calme de la solitude.

Je fais mon lit rapidement, en tirant bien le drap du haut, presque au carré. Le linge est usé par endroits, par les mites ou par l'usage. La couette bleue sent le cèdre et la poussière. Je tiens devant moi ma chemise d'Altruiste – celle dont j'ai déchiré l'ourlet pour bander ma blessure à la main le jour de mon arrivée.

Elle me paraît petite – je ne suis même pas sûr qu'elle m'irait encore si j'essayais de la mettre. Je n'essaie pas, je me contente de la plier et de la ranger dans un tiroir.

On frappe à la porte et je dis « Entrez ! » en pensant que c'est Zeke ou Shauna. Mais c'est un homme grand à la peau sombre qui entre dans mon appartement. Max. Il inspecte la pièce d'un coup d'œil circulaire, en croisant devant lui ses mains meurtries par les coups, et a une moue dégoûtée devant le pantalon à pinces gris plié sur mon lit. Sa réaction me surprend un peu – rares sont ceux dans cette ville qui choisiraient la faction des Altruistes, mais encore plus rares sont ceux qui la détestent. Il semblerait que j'en ai trouvé un.

Je reste planté en face de lui, sans trop savoir quoi dire. Il y a un leader de faction dans mon appartement.

— Salut, fais-je.

— Excuse-moi de te déranger. Je suis surpris que tu n'aies pas choisi de vivre avec tes camarades. Tu t'es fait des amis, pourtant, non ?

— Ouais, mais bon... Cette vie-ci me paraît plus normale.

— Je suppose qu'il va te falloir un peu de temps pour te défaire des habitudes de ton ancienne faction.

Max passe l'index sur le comptoir de ma petite cuisine et regarde son doigt couvert de poussière avant de l'essuyer sur son pantalon.

Il me lance un coup d'œil critique – qui me suggère de me défaire de mes habitudes d'Altruiste en accéléré. Si j'étais encore un novice, ce coup d'œil m'inquiéterait, mais je fais désormais partie des Audacieux et il ne peut pas m'enlever ça, aussi Pète-sec que j'aie l'air.

À moins que.

— Cet après-midi, tu vas choisir ton travail, me dit-il. Tu as des idées ?

— Ça dépend des possibilités, je suppose. Je me verrais bien dans l'enseignement ou la formation. Un peu comme ce que faisait Amar, par exemple.

— Je pense que le novice arrivé premier au classement peut espérer un peu mieux qu'instructeur, pas toi ?

Il hausse les sourcils, et je remarque que l'un ne monte pas aussi haut que l'autre et qu'il est barré d'une cicatrice.

— Je suis venu te voir parce qu'une opportunité se présente, poursuit-il.

Il tire une chaise de sous la petite table qui se trouve près de la cuisine, la retourne et s'assoit dessus à califourchon. Ses boots noires sont couvertes de glaise ocre, ses lacets sont pleins de nœuds et effrangés. Il doit être l'Audacieux le plus âgé que j'aie jamais vu, mais il pourrait aussi bien être en acier.

Je m'assois au bord de mon lit.

— Pour être franc, l'un de mes collègues leaders devient un peu âgé pour cette fonction, me dit-il. Moi et les trois autres estimons que ça ne ferait pas de mal d'injecter un peu de sang neuf au sein de la direction. Des idées nouvelles, pour les nouveaux membres de la faction et pour l'initiation, en particulier. Comme, en plus, cette tâche est généralement confiée au leader le plus jeune, ça tomberait bien. On a eu l'idée de proposer une formation à une sélection issue des classes de novices les plus récentes, pour essayer de repérer le candidat idéal. Tu y aurais clairement ta place.

J'ai un léger vertige. Suggère-t-il sérieusement que je pourrais être apte à faire partie des leaders Audacieux à seize ans ?

— Cette formation durera au moins un an. Elle sera rigoureuse et exigera des compétences dans de nombreux domaines. On sait tous les deux que tu n'as pas de souci à te faire concernant le paysage des peurs.

J'acquiesce d'un hochement de tête, sans réfléchir. Il faut croire que mon assurance ne le choque pas, puisqu'il a un petit sourire.

— Tu es dispensé de la réunion de choix professionnel prévue cet après-midi, ajoute-t-il. La formation démarre très vite – demain, en fait.

— Attendez, dis-je, une pensée surgissant dans le brouillard de mon cerveau. Je n'ai pas le choix ?

— Bien sûr que si, tu as le choix, me répond-il, l'air surpris. Je pensais juste que quelqu'un comme toi préférerait suivre une formation de leader que de passer ses journées devant une clôture avec un fusil à l'épaule, ou à expliquer à des novices comment se battre correctement. Mais si je me suis trompé...

Je ne sais pas ce qui me fait hésiter. En effet, je n'ai aucune envie de passer mes journées à garder une clôture, à patrouiller dans la ville ni même à arpenter le plancher de la salle d'entraînement. Ce n'est pas parce que j'ai de bonnes aptitudes au combat que j'ai envie de faire ça toute la journée, jour après jour. L'occasion de changer les choses chez les Audacieux est séduisante pour l'Altruiste qu'il y a en moi, un côté qui perdure et qui demande parfois à être entendu.

Je crois que c'est juste l'impression de ne pas avoir le choix qui me chiffonne.

— Non, vous ne vous êtes pas trompé, dis-je enfin.

Je m'éclaircis la gorge pour poursuivre d'une voix plus ferme, plus déterminée :

— Je veux le faire. Merci.

— Parfait.

Max se lève en faisant craquer ses doigts machinalement, comme si c'était un tic bien ancré. Je serre la main qu'il me tend, bien que ce geste me soit encore étranger – les Altruistes ne se toucheraient jamais avec autant de désinvolture.

— Présente-toi demain à huit heures à la salle de conférence, à côté de mon bureau. Neuvième étage, dans la Flèche.

Il s'en va, en semant de la boue séchée derrière lui. Je la ramasse avec le balai appuyé contre le mur près de la porte. Ce n'est qu'en replaçant la chaise sous la table que je réalise ce qu'implique une telle nomination : si je deviens un leader Audacieux, un représentant de ma faction, je me retrouverai de nouveau face à face avec mon père. Et pas une fois mais régulièrement, jusqu'à ce qu'il finisse par retourner à l'anonymat.

Aussitôt, mes doigts s'engourdissent. Malgré le nombre de fois où j'ai affronté mes peurs dans des simulations, je ne suis pas encore prêt à les affronter dans la réalité.

+++

— Hé, mec, t'as raté la réunion ! me lance Zeke, les yeux agrandis par l'inquiétude. Les seuls postes qui restaient à la fin, c'était des boulots dégueu du style corvée de chiottes ! Où t'étais passé ?

— Tout va bien, le rassuré-je en allant porter mon plateau à notre table près de l'entrée.

Shauna y est déjà installée avec sa petite sœur Lynn et une amie de celle-ci, Marlene. La première fois que je les ai trouvées là, j'ai failli tourner les talons. Marlene est quelqu'un de bien trop jovial pour moi, même dans mes bons jours. Mais c'était trop tard, Zeke m'avait vu. Uriah nous rejoint au pas de course, son plateau chargé de plus de nourriture que son estomac ne peut en contenir.

— Je n'ai rien raté, ajouté-je. Max est passé me voir.

On s'assoit sous la lumière bleu vif d'une applique murale et je lui résume la proposition de Max, en prenant de soin d'en minimiser un peu l'importance. Je viens enfin de me faire des amis, je ne voudrais pas créer de jalousie stupide entre nous. Quand j'ai terminé, Shauna cale sa joue sur une main et déclare à Zeke :

— On aurait peut-être dû bosser plus pendant l'initiation, hein ?

— Ou bien le tuer avant l'épreuve finale.

— Ou les deux.

Shauna m'adresse un grand sourire :

— Félicitations, Quatre. Tu l'as mérité.

Je sens tous les regards sur moi, comme autant de rayons de chaleur, et je me dépêche de changer de sujet :

— Et vous, qu'est-ce que vous avez eu ?

— La salle de contrôle, me répond Zeke. Ma mère a travaillé là-bas, elle m'a appris à peu près tout ce que j'aurai besoin de savoir.

— Moi, je suis dans le truc de... programme de chef de patrouilles, dit Shauna. Pas le job le plus palpitant, mais au moins, je ne serai pas enfermée.

— Ouais, tu nous répéteras ça en plein hiver, quand tu barboteras dans la neige et le verglas, lui balance Lynn d'un ton acide en transperçant son monticule de purée d'un coup de fourchette. J'ai intérêt à ne pas me planter à l'initiation. Je ne tiens pas à me retrouver à surveiller la Clôture.

— On n'a pas déjà parlé de ça ? intervient Uriah. « Moi, moi, moi... » Attends au moins d'être deux semaines avant le jour J pour faire des grands projets. Rien que d'y penser, ça me donne déjà envie de vomir.

Je jette un regard sur son plateau surchargé :

— Mais te bâfrer, ça, en revanche, pas du tout ?

Il lève les yeux au plafond et se penche sur son assiette pour continuer à s'empiffrer. De mon côté, je joue avec ma nourriture. Depuis ce matin, la perspective de demain et l'inquiétude qui va avec m'ont coupé l'appétit.

Zeke repère quelqu'un à l'autre bout de la cafétéria.

— Je reviens tout de suite, nous dit-il en se levant.

Shauna le regarde traverser la salle pour aller saluer un groupe d'Audacieux, principalement constitué de filles. Elles n'ont pas l'air beaucoup plus âgées que nous, mais comme je ne les ai jamais vues parmi les novices, elles doivent avoir un ou deux ans de plus. Zeke leur dit quelque chose qui les fait hurler de rire et il enfonce le doigt dans les côtes d'une des filles, qui pousse un petit cri aigu. Les yeux de Shauna lancent des éclairs et sa fourchette atterrit à côté de sa bouche, lui barbouillant la joue de jus de poulet. Lynn ricane, le nez dans son assiette, et Marlene lui balance un coup de pied – nettement audible – sous la table.

— Bon, dit cette dernière bien fort. Et tu en connais d'autres qui vont suivre cette formation, Quatre ?

— Maintenant que tu le dis, je n'ai pas vu Eric, aujourd'hui, signale Shauna. J'espérais un peu qu'il avait basculé dans le gouffre, mais...

Je me force à avaler une bouchée de purée. L'éclairage me fait les mains bleues, des mains de cadavre. Je préférerais ne pas penser à Eric. Je ne lui ai pas adressé la parole depuis que je l'ai accusé d'avoir causé indirectement la mort d'Amar. Quelqu'un a informé Jeanine Matthews, leader des Érudits, qu'Amar restait lucide pendant les simulations, et en tant qu'ex-Érudit, Eric est le suspect le plus probable. Je n'ai pas encore décidé ce que je ferai la prochaine fois que je devrai lui parler. Ce n'est pas en lui cassant la figure une deuxième fois que je prouverai qu'il a trahi sa faction. Je vais devoir trouver un moyen de relier ses activités récentes avec les Érudits, et ensuite, prévenir l'un des leaders Audacieux – Max, a priori, puisque c'est celui que je connais le mieux.

Zeke vient se rasseoir.

— Qu'est-ce que tu fais demain soir, Quatre ?

— Je ne sais pas. Rien ?

— Ne cherche plus. On a un rencard.

Je m'étouffe sur ma purée.

— Quoi ?

— Euh, désolé de te dire ça, grand frère, intervient Uriah, mais quand on a un rencard, en principe, on y va tout seul, pas avec un pote.

— C'est un double rencard, idiot. J'ai invité Maria, mais elle m'a demandé si je ne pourrais pas trouver quelqu'un pour Nicole, sa copine. J'ai dit que tu serais intéressé.

— C'est laquelle, Nicole ? demande Lynn en se tordant le cou pour regarder le groupe de filles.

— La rousse, dit Zeke. Donc, vingt heures. C'est plié, je te demande pas ton avis.

— Je ne... commencé-je.

J'observe la rousse à l'autre bout de la salle. Elle a le teint pâle, de grands yeux soulignés d'un trait noir, et elle porte un tee-shirt moulant qui dessine la courbe de ses hanches et... d'autres courbes que ma voix intérieure d'Altruiste m'intime de ne pas regarder. Ce que je fais quand même.

Je n'ai jamais eu de « rencard », en raison des rituels strictement réglementés de mon ex-faction en la matière, qui consistent à participer à des activités de bénévolat ensemble et, pour les plus chanceux, à se faire inviter à dîner chez l'autre, avec partage de corvée de vaisselle ensuite. Je ne me suis même jamais posé la question de savoir si j'aurais envie d'avoir un « rencard », tellement c'était exclu.

— Zeke, je n'ai jamais...

Uriah, les sourcils froncés, me plante sèchement l'index dans le bras.

— Quoi ? fais-je.

— Oh, rien, me dit-il gaiement. T'avais un ton encore plus Pète-sec que d'habitude, je voulais juste vérifier..

Marlene éclate de rire :

— N'importe quoi !

J'échange un coup d'œil avec Zeke. On n'a jamais explicitement décidé de ne pas révéler ma faction d'origine, mais à ma connaissance, il ne l'a jamais mentionnée à personne. Uriah est au courant, mais malgré son côté grande gueule, il semble savoir quand se taire. Ça m'étonne quand même que Marlene n'ait pas encore compris – elle n'est peut-être pas très observatrice.

— Pas de quoi en faire un plat, Quatre, me dit Zeke en avalant sa dernière bouchée. Tu viens, tu lui parles comme à un être humain normal – ce qu'elle *est* –, et peut-être qu'elle te laissera – ouh là là – lui *tenir la main*...

Shauna se lève brusquement en faisant crisser sa chaise.

Elle rabat une mèche derrière une oreille et va rapporter son plateau, les yeux sur le carrelage.

Lynn foudroie Zeke du regard – ce qui ne change pas beaucoup de son expression habituelle – et traverse la cafétéria dans le sillage de sa sœur.

— Bon, pas besoin de se tenir la main, reprend Zeke comme si de rien n'était. Tout ce que t'as à faire, c'est de venir. Je te revaudrai ça, OK ?

J'observe Nicole, assise à une table du fond. Elle est encore en train de rire à une blague. Zeke a peut-être raison – peut-être qu'il n'y a pas de quoi en faire un plat, que ce serait un moyen comme un autre d'oublier mon passé d'Altruiste et d'apprendre à m'ouvrir à mon avenir d'Audacieux. En plus, elle est jolie.

— D'accord, dis-je. Je viens. Mais je te préviens, si jamais tu sors une blague sur le fait de se tenir la main, je te casse le nez.

+++

Ce soir-là, quand je regagne mon appartement, il sent encore la poussière et une légère odeur de moisi. J'allume une lampe, dont l'éclat se reflète sur le comptoir. En passant la main sur sa surface, je me plante une écharde de verre dans le doigt, qui se met à saigner. Je vais la jeter dans la poubelle, que j'ai doublée d'un sac en plastique ce matin. Mais au fond du sac, je trouve d'autres tessons : les débris d'un verre cassé.

Je ne me suis pas encore servi des verres.

Un frisson me parcourt le dos, et j'inspecte le reste de l'appartement à la recherche d'autres indices. Les draps ne sont pas froissés, les tiroirs sont bien fermés, toutes les chaises semblent à leur place. Je le saurais, quand même, si j'avais cassé un verre ce matin.

Alors, qui est venu chez moi ?

+++

Je ne sais pas pourquoi, la première chose sur laquelle ma main se pose quand j'entre à moitié endormi dans la salle de bains, c'est la tondeuse que j'ai reçue en cadeau hier avec mon argent d'Audacieux. Tout en clignant encore des paupières pour chasser le sommeil, je l'allume, comme je l'ai fait tous les jours depuis mon enfance. Je replie mon oreille pour la protéger des lames. Je sais exactement comment tourner et pencher la tête pour voir la plus grande surface possible à l'arrière de mon crâne. Ce rituel m'apaise, m'aide à me concentrer et à me stabiliser. Je m'essuie les épaules et le cou pour les débarrasser des cheveux que je jette dans la corbeille.

C'est un matin Altruiste. Une douche rapide, un petit-déjeuner frugal, un appartement nettoyé. Si ce n'est que je suis vêtu du noir des Audacieux, des boots à la veste en passant par le tee-shirt et le pantalon. J'ai encore du mal à croiser mon reflet dans le miroir, et ça me fait grincer des dents de constater combien ces racines Pète-sec sont profondément ancrées, combien c'est difficile de les extirper de ma tête, tellement elles sont inextricablement mêlées à tout le reste. C'est la peur et la défiance qui m'ont fait quitter les Altruistes, et ça va me rendre les choses plus dures à assimiler que personne ne peut le soupçonner, bien plus que si j'avais choisi les Audacieux pour les bonnes raisons.

Je me dirige d'un pas rapide vers la Fosse, émergeant par une voûte à mi-hauteur de la paroi. Je me tiens prudemment à l'écart du précipice, bien que les petits Audacieux passent souvent tout au bord en courant avec des rires aigus et que je sois censé être plus courageux qu'eux. Je ne suis pas certain que le courage s'acquière avec l'âge, contrairement à la sagesse. Mais peut-être qu'ici, le courage est la plus haute forme de la sagesse, l'affirmation que la vie peut et doit être vécue sans crainte.

C'est la première fois que je me surprends à réfléchir aux valeurs des Audacieux, et je creuse mes pensées en montant le long du chemin de la Fosse. J'atteins l'escalier suspendu au plafond de verre et je garde les yeux vers le haut, évitant de regarder le vide qui s'ouvre sous mes pieds, pour ne pas paniquer. Mais le temps d'arriver, mon cœur cogne dans ma poitrine ; je le sens jusque dans ma gorge. Je prends l'ascenseur avec un groupe d'Audacieux qui vont au travail. Contrairement aux Altruistes, ils ne semblent pas tous se connaître – ils n'attachent pas la même importance au fait de retenir les noms, les visages, les besoins des autres. Peut-être qu'ils s'en tiennent à leur famille et à leurs amis, et qu'ils forment au sein de leur faction des petits groupes unis, mais indépendants. Comme celui que j'ai formé, moi.

Arrivé au neuvième étage, je me demande quelle direction prendre, jusqu'à ce que je repère une tête brune qui tourne à l'angle d'un couloir. Eric. Je le suis, en partie parce qu'il doit savoir où il va, et au cas où ce ne serait pas au même endroit que moi, pour me faire une idée de ce qu'il trafique. Mais après le tournant, je vois Max dans une salle de conférence aux parois vitrées, entouré de jeunes Audacieux. Il m'aperçoit à travers la vitre et me fait signe d'entrer. Eric s'assoit non loin de lui – « bon sang », me dis-je – et je m'installe à l'autre bout de la table, entre une fille qui porte un anneau dans le nez et un garçon aux cheveux vert fluo qui me font carrément mal aux yeux. Je me sens banal à côté d'eux – d'accord, je me suis fait tatouer des flammes sur les côtes pendant l'initiation, mais pour ce qu'on les voit...

— Je pense que tout le monde est là, nous pouvons donc commencer, déclare Max en refermant la porte et en se campant devant nous.

Il n'a pas l'air à sa place dans ce type d'environnement, comme s'il était fait pour tout casser plutôt que pour diriger une réunion.

— Si vous êtes ici, c'est d'abord parce que vous avez du potentiel, mais aussi parce que vous avez manifesté de l'enthousiasme pour votre faction et son avenir.

Je me demande comment j'ai fait ça.

— Notre ville change, plus vite qu'elle ne l'a jamais fait par le passé, et afin de suivre cette évolution, il nous faut changer, nous aussi. Il nous faut devenir plus forts, plus courageux, meilleurs. Et il se trouve parmi vous des gens qui peuvent nous y aider, mais il nous reste encore à trouver lesquels. Au cours des prochains mois, nous allons vous faire suivre un mélange de cours et de tests de compétences pour vous apprendre ce que vous aurez besoin de savoir à l'issue de ce programme, mais aussi pour évaluer vos capacités d'apprentissage.

Bizarre ; voilà qui ressemble plus à un discours d'Érudit que d'Audacieux.

— Vous allez commencer par remplir cette fiche d'informations, poursuit Max.

Je dois me retenir de rire. Il y a quelque chose de ridicule à voir un guerrier Audacieux brandir une pile de feuilles qu'il appelle des « fiches d'informations ». Mais bon, il faut aussi savoir passer par des procédures ordinaires par souci d'efficacité. Il distribue les feuilles ainsi que des stylos.

— Elles vont simplement nous aider à mieux vous connaître et nous fournir un point de départ pour mesurer vos progrès. Il est donc dans votre intérêt d'être honnêtes, sans chercher à vous présenter sous un jour favorable.

Je fixe ma feuille, mal à l'aise. J'écris mon nom – la première question – et mon âge – la deuxième. La troisième me demande ma faction d'origine et la quatrième, le nombre de mes peurs. La cinquième me demande de les définir.

Comment les décrire ? Les deux premières sont faciles – peur du vide, claustrophobie – mais la suivante ? Et qu'est-ce que je pourrais bien mettre à propos de mon père ? Que j'ai peur de Marcus Eaton ? Finalement, j'écris « perte de contrôle » pour ma troisième peur et « menaces physiques dans un espace fermé » pour la quatrième, sachant que je suis loin de la vérité.

Mais les questions suivantes sont bizarres, déroutantes. Ce sont des affirmations, à la formulation ambiguë, qu'on est censés approuver ou désapprouver. « Ce n'est pas grave de voler si c'est pour aider quelqu'un. » Bon, ça, ça va. D'accord. « Certaines personnes méritent plus d'être récompensées que d'autres. » Possible. Ça dépend des récompenses. « Le pouvoir ne devrait revenir qu'à ceux qui l'ont gagné. » « Les circonstances difficiles forment des hommes plus forts. » « On ne peut pas connaître la force de quelqu'un tant qu'elle n'a pas été mise à l'épreuve. » Je jette des coups d'œil autour de moi. Certains ont l'air perplexes, mais personne ne semble éprouver le même sentiment que moi : le malaise, presque la peur d'entourer une réponse sous chaque affirmation.

Comme je ne sais pas quoi faire, j'entoure « D'accord » partout avant de rendre ma feuille avec les autres.

+++

Zeke et Maria, la fille avec qui il a rencard, sont collés contre le mur d'un couloir partant de la Fosse. Je distingue leurs silhouettes d'ici. On dirait qu'ils ne se sont pas décollés l'un de l'autre depuis cinq minutes, depuis qu'ils sont entrés là-dedans en gloussant bêtement. Je me retourne vers Nicole en croisant les bras.

— Bon, dis-je.

— Oui, dit-elle en se balançant sur ses talons. La situation est un peu gênante.

— Ouais, fais-je, soulagé. J'avoue.

— Ça fait combien de temps que tu es ami avec Zeke ? Je ne t'ai pas croisé très souvent.

— Quelques semaines. Je l'ai rencontré à l'initiation.

— Oh. Tu es un transfert ?

— Euh...

Je ne veux pas dire que je viens de chez les Altruistes, d'une part parce que, dès qu'ils le savent, les gens se mettent à me trouver coincé, d'autre part, parce que je ne tiens pas à fournir d'indices sur ma famille si je peux l'éviter. Je choisis de mentir :

— Non, c'est juste que... j'ai tendance à rester dans mon coin, quoi.

Elle plisse un peu les yeux.

— Oh. Tu dois être doué pour ça, alors.

— C'est un de mes points forts. Et toi, tu connais Maria depuis longtemps ?

— Depuis qu'on est petites. Elle est capable de tomber sur un beau mec rien qu'en se cassant la figure. Tout le monde n'a pas ce talent.

— C'est clair, approuvé-je en secouant la tête. Zeke a dû un peu me forcer la main.

Nicole hausse un sourcil.

— Ah bon ? Il t'a montré à quoi tu t'exposais, au moins ? demande-t-elle en se désignant du doigt.

— Euh, ouais. Je n'étais pas trop sûr que tu étais mon genre, mais je me suis dit que...

— « Pas ton genre », reprend-elle d'un ton soudain glacial.

Je tente de faire machine arrière.

— Non, je veux dire que ça n'a pas beaucoup d'importance. La personnalité, ça compte bien plus que...

— Que mon physique ingrat ? achève-t-elle en levant l'autre sourcil.

— J'ai pas dit ça, protesté-je. Je... je suis vraiment nul à ce truc.

— Ça, on peut le dire.

Elle prend le petit sac noir posé à ses pieds et le fourre sous son bras.

— Tu diras à Maria que j'avais un truc à faire.

Elle s'éloigne à grands pas et disparaît sur l'un des chemins qui entourent la Fosse. Avec un soupir, je me retourne vers Zeke et Maria. Aux vagues mouvements que je parviens à discerner, je vois qu'ils n'ont pas du tout ralenti. Je pianote des doigts sur la rambarde. Maintenant que notre double rencard s'est changé en rencard bancal en forme de triangle, je me dis qu'ils ne m'en voudront pas si je m'en vais.

Je repère Shauna en train de sortir de la cafétéria et je lui fais signe.

— C'était pas ce soir, les rencards d'Ezekiel ? me demande-t-elle.

— *Ezekiel*, répété-je en me raidissant. J'avais oublié que Zeke s'appelait comme ça. Ouais, ben mon rencard vient de se faire la malle.

— Bravo, me dit-elle en riant. Tu as tenu quoi, dix minutes ?

— Cinq, rectifié-je en me mettant à rire aussi. Il semblerait que je manque de sensibilité.

— Non ? fait-elle en mimant l'étonnement. Toi, si doux, si sentimental...

— Très drôle. Où est Lynn ?

— Elle a commencé à se disputer avec Hector, notre petit frère. Je les écoute faire ça depuis, quoi, depuis que je suis née. Alors je suis partie. Je pensais aller un peu en salle d'entraînement. Tu veux venir ?

— Ouais. Allons-y.

On commence à se diriger vers la salle d'entraînement, quand je réalise qu'on va devoir passer par le couloir qu'occupent actuellement Zeke et Maria. Je pose une main sur le bras de Shauna pour l'arrêter, mais trop tard ; elle a déjà vu leurs deux silhouettes pressées l'une contre l'autre. Les yeux écarquillés, elle se fige un instant et j'entends des bruits de succion dont je me serais bien passé. Puis elle se remet en marche, si vite que je dois courir pour la rattraper.

— Shauna...

— En salle d'entraînement, me coupe-t-elle.

Quand on entre, elle fonce sur un sac et se met à cogner dedans comme une brute.

+++

— Bien que cela puisse vous surprendre, nous explique Max, il est important que les Audacieux occupant des positions élevées comprennent le fonctionnement de certains programmes. Le programme de surveillance de la salle de contrôle est un exemple évident. Un leader peut être amené à contrôler ce qui se passe dans la faction. Il y a aussi les programmes de simulation, que vous devrez maîtriser afin d'évaluer les novices. Et également le programme de suivi des devises, qui garantit, entre autres, la bonne marche des échanges commerciaux au sein de notre faction. Certains de ces programmes sont assez sophistiqués, ce qui va vous demander d'acquérir rapidement des notions d'informatique si vous ne les possédez pas. C'est ce que nous allons aborder aujourd'hui.

Il désigne la jeune femme qui se tient à côté de lui, et que j'ai déjà rencontrée le soir des défis avec Amar. Elle a des mèches de cheveux violettes et tellement de piercings que je ne pourrais pas les compter.

— Lauren va vous enseigner quelques notions de base, sur lesquelles vous serez ensuite évalués. Lauren est l'une de nos instructrices, mais en dehors des périodes d'initiation, elle travaille au siège comme informaticienne. C'est son petit côté Érudit, qu'on lui pardonne parce que ça nous rend bien service.

Il lui décoche un clin d'œil et elle sourit.

— Bien, je vous laisse travailler, je reviens dans une heure.

Il s'en va, et Lauren frappe dans ses mains.

— Alors, dit-elle, aujourd'hui, nous allons aborder le fonctionnement d'un programme. Ceux d'entre vous qui ont déjà un peu d'expérience sur le sujet ne sont pas obligés de suivre. Les autres, je vous conseille de rester concentrés, parce que je ne me répéterai pas. C'est un apprentissage qui s'apparente un peu à celui d'une langue ; il ne suffit pas de connaître le vocabulaire. Il faut aussi comprendre les règles et pourquoi elles fonctionnent d'une manière plutôt que d'une autre.

Plus jeune, j'étais volontaire dans les labos informatiques du lycée pour remplir mon quota d'heures de bénévolat – et sortir de chez moi – et j'ai appris à démonter et à remonter un ordinateur. Mais je ne suis pas un expert en programmation. L'heure suivante passe dans un brouillard de termes techniques qui me dépassent un peu. J'essaie de prendre quelques notes sur un bout de papier que j'ai trouvé par terre, mais Lauren va si vite que ma main n'arrive pas à suivre mes oreilles, et je laisse tomber au bout de quelques minutes pour me contenter d'écouter. Des exemples de ce qu'elle explique sont illustrés sur un écran placé devant la fenêtre, et j'ai du mal à ne pas me laisser distraire par la vue sur l'extérieur. De ma place, on voit les toits de la ville, les deux antennes de la Ruche qui transpercent le ciel et au loin, derrière les tours étincelantes, des bouts morcelés du marais.

Je ne suis pas le seul à être perdu – les autres candidats se penchent les uns vers les autres pour se demander à voix basse des définitions qui leur ont échappé. Eric, lui, dessine sur le dos de sa main dans une pose décontractée, l'air content de lui. Je connais cet air. Évidemment, il sait déjà tout ça. Il a dû l'apprendre chez les Érudits, sans doute il y a des années, ou il n'aurait pas un sourire aussi satisfait.

Sans que j'aie vu le temps passer, Lauren appuie sur un bouton et l'écran remonte en roulant vers le plafond.

— Sur le bureau de votre ordinateur, vous trouverez un fichier intitulé « Test de programmation ». Ouvrez-le, il s'agit d'un examen à achever dans un temps limité. Vous allez découvrir une série de programmes et signaler les erreurs qui, selon vous, sont responsables de dysfonctionnements. Il peut s'agir aussi bien d'erreurs flagrantes, comme l'ordre de codage, que de bricoles comme un mot ou une balise mal placés. On ne vous demande pas de les corriger dans l'immédiat ; en revanche, vous devez les identifier. Il y a une erreur par programme. C'est parti.

Tout le monde se met à frapper frénétiquement sur son clavier. Eric se penche vers moi pour me glisser :

— Est-ce qu'il y avait un ordinateur, au moins, dans ta maison de Pète-sec, Quatre ?

— Non.

— Attends, je te montre : pour ouvrir un fichier, il suffit de cliquer dessus, m'explique-t-il en joignant le geste à la parole avec ostentation sur son ordinateur. Tu vois, c'est pareil qu'une feuille de papier, sauf que c'est une image sur l'écran. Tu sais ce que c'est qu'un écran, quand même ?

— Ferme-la, dis-je en ouvrant mon fichier.

Je regarde fixement le premier programme. « C'est comme apprendre une langue, me répété-je. Tout doit commencer dans le bon ordre et finir dans le sens inverse. Il faut juste vérifier que tout est à la bonne place. »

Au lieu de commencer par le début du code et de tout descendre, je cherche le noyau de code qui se trouve au cœur de chaque conteneur. Et je m'aperçois que la ligne de code finit au mauvais endroit. Je marque l'emplacement et je clique sur la flèche qui me permet de poursuivre si j'ai eu bon. L'écran se modifie, me présentant un nouveau programme.

Je hausse les sourcils. Finalement, j'ai dû assimiler plus de notions que je ne croyais.

J'attaque l'exercice suivant en appliquant la même technique : je vais du centre du code vers l'extérieur, je compare le haut du programme avec le bas, je vérifie les guillemets, les virgules et les antislashs. Bizarrement, le fait de chercher des erreurs de code m'apaise, un peu comme si je m'assurais que le monde est bien ordonné, avec l'idée que tant que ce sera le cas, tout ira bien.

J'oublie l'existence des gens autour de moi, la vue sur la ville derrière les fenêtres, et jusqu'aux répercussions de cet examen. Je me contente de me concentrer sur ce qui se trouve devant moi, sur l'enchevêtrement de mots inscrits sur l'écran. Je remarque qu'Eric a déjà fini alors que tous les autres semblent encore plongés dans leurs exercices, et j'essaie de ne pas m'en inquiéter. Même quand il décide de venir se pencher par-dessus mon épaule pour regarder ce que je fais.

Enfin, j'appuie sur la touche de la flèche et l'image qui apparaît me dit : FIN DE L'EXAMEN.

— C'est bien, approuve Lauren en venant voir mon écran. Tu as fini troisième.

Je me tourne vers Eric.

— Attends, lui dis-je. Tu ne voulais pas m'expliquer ce que c'est qu'un écran ? Je suis *archi-nul* en informatique, j'aurais vraiment besoin de ton aide.

Il me foudroie du regard et je me marre.

+++

En rentrant chez moi, je trouve la porte de mon appartement ouverte. D'un ou deux centimètres tout au plus, mais je suis sûr de l'avoir fermée en partant. Je la pousse du bout du pied et j'entre, le cœur battant, m'attendant à tomber sur un intrus en train de fouiller dans mes affaires. Je me demande qui – un acolyte de Jeanine, peut-être, en quête de preuves que je suis différent, comme Amar, ou alors Eric, à la recherche d'indices qui lui permettraient de me nuire ?

Tout est à sa place, pas de changement… à part la feuille de papier posée sur la table. Je m'approche lentement, comme si elle risquait de s'enflammer ou de se dissoudre dans l'air. Dessus, il y a un message, rédigé d'une petite écriture penchée.

Le jour que tu détestes le plus
À l'heure où elle est morte
À l'endroit de ton premier saut.

Au début, les mots n'ont aucun sens pour moi et je pense à un canular, un truc laissé là pour me déstabiliser, et ça marche, parce que j'ai les genoux qui flageolent. Je me laisse tomber d'un bloc sur l'une de mes chaises bancales, sans détacher les yeux de la feuille. Je la relis encore et encore, et un sens commence à se faire jour dans ma tête.

À l'endroit de ton premier saut. Ça doit faire allusion au quai de la voie ferrée où je me suis retrouvé juste après avoir intégré la faction des Audacieux.

À l'heure où elle est morte. Il ne peut s'agir que d'une personne : ma mère. Ma mère est morte au milieu de la nuit et le lendemain, à mon réveil, mon père et ses amis Altruistes avaient déjà emporté son corps. Il a dit que l'heure de son décès était estimée à deux heures du matin.

Le jour que tu détestes le plus. Celui-là est le plus dur. Je cherche une date particulière, correspondant à un anniversaire, à des vacances… Ça ne me dit rien, et je ne vois pas pourquoi quelqu'un me laisserait un message évoquant une date qui ne tombera peut-être que dans plusieurs mois. Il doit plutôt s'agir d'un jour de la semaine. Mais quel est celui que je déteste le plus ? Facile : les jours de réunion du conseil, où mon père rentrait tard et d'une humeur massacrante. Le mercredi.

Mercredi, deux heures du matin, sur le quai de la voie ferrée. C'est cette nuit. Et il n'y a qu'une personne au monde qui puisse connaître toutes ces informations sur moi : Marcus.

+++

Je serre la feuille de papier pliée dans mon poing, sans la sentir. J'ai des fourmis dans les doigts, presque privés de sensations depuis que le nom de mon père a surgi dans ma tête.

Je n'ai pas pris la peine de refermer la porte de chez moi ni de nouer mes lacets. Je gravis le chemin qui monte le long de la Fosse sans même me préoccuper du vide que je frôle, et je prends l'escalier de la Flèche en courant, sans avoir la tentation de regarder en bas. Il y a deux ou trois jours, Zeke a mentionné au passage l'emplacement de la salle de contrôle. Je n'ai plus qu'à espérer qu'il y soit, parce que j'ai besoin de lui pour accéder aux images filmées de l'entrée de mon immeuble. Je sais où se trouve la caméra, cachée dans un angle où ils s'imaginent que personne ne la remarquera. Eh bien moi, je l'ai remarquée.

Ma mère aussi remarquait ce genre de choses. Quand on traversait le secteur Altruiste tous les deux, elle me montrait les caméras, cachées dans des globes en verre sombre ou fixées aux angles des bâtiments. Elle ne faisait jamais de commentaire et ne semblait pas non plus s'en inquiéter, mais elle savait toujours où elles se trouvaient, et en passant devant, elle se faisait un point d'honneur de toujours les regarder en face, comme pour dire : « Moi aussi, je vous vois. » Du coup, j'ai grandi en ouvrant les yeux, en notant les détails de mon environnement.

Je monte au troisième étage et je suis le fléchage de la salle de contrôle. Elle se trouve au bout d'un petit couloir, derrière un tournant, porte grande ouverte. Je tombe sur un mur d'écrans en face desquels sont installées quelques personnes assises à des bureaux. D'autres bureaux sont calés le long des murs, où d'autres gens travaillent sur des écrans individuels. Les images changent toutes les cinq minutes, passant d'un secteur de la ville à l'autre : les champs des Fraternels, les rues qui entourent la Ruche, l'enceinte des Audacieux, sans oublier le Marché des Médisants et sa vaste entrée. J'observe un instant les images de l'écran qui montre le secteur Altruiste avant de m'arracher à ma fascination pour repérer Zeke. Il est à un bureau contre le mur de droite, en train de taper quelque chose dans une boîte de dialogue tandis que des images de la Fosse défilent sur l'autre moitié de l'écran. Tout le monde est équipé d'un casque – pour avoir le son qui va avec les images, je suppose.

— Zeke, chuchoté-je.

Quelques personnes me regardent avec l'air de me reprocher mon intrusion, mais personne ne dit rien.

— Hé, salut ! me lance-t-il. T'as bien fait de venir, je m'ennuie comme un... Qu'est-ce qui ne va pas ?

Ses yeux passent de mon visage à mon poing, toujours crispé sur la feuille de papier. Ne voyant pas comment lui expliquer, je n'essaie même pas.

— J'ai besoin de voir les images du couloir de chez moi. Des quatre ou cinq dernières heures, je dirais. Tu peux m'aider ?

— Pourquoi ? Qu'est-ce qui s'est passé ?

— Quelqu'un est entré chez moi. Je veux savoir qui c'est.

Il regarde autour de lui pour s'assurer que personne ne fait attention à nous.

— Écoute, me dit-il, je peux pas faire ça. Même nous, on n'a pas le droit de repasser des images précises, sauf si on a repéré un truc bizarre. On ne regarde que le direct…

— Tu me dois un service, je te rappelle. Je ne te demanderais pas ça si ce n'était pas important.

— Ouais, je sais…

Il jette un nouveau coup d'œil autour de lui, puis ferme la boîte de dialogue pour en ouvrir une autre. Je regarde la formule qu'il entre pour faire monter la séquence concernée, et je m'aperçois avec surprise que j'en comprends une partie, grâce au cours d'informatique d'aujourd'hui. Une image apparaît sur l'écran, montrant l'un des couloirs proches de la cafétéria. Zeke clique dessus et une autre image vient la remplacer, cette fois de l'intérieur de la cafétéria ; puis une autre, du studio de tatouage, et une de l'hôpital.

Zeke continue à faire défiler des vues de l'enceinte. En les observant, je surprends au passage des instants volés de la vie ordinaire des Audacieux : des gens qui jouent avec leurs piercings en faisant la queue pour avoir des vêtements neufs, qui s'exercent à frapper dans des sacs en salle d'entraînement. Je vois passer une image éclair de Max dans ce qui doit être son bureau, assis en face d'une femme. Une blonde aux cheveux noués dans un chignon serré. Je pose une main sur l'épaule de Zeke.

— Attends. Reviens en arrière.

Le papier dans mon poing me semble soudain avoir perdu un peu de son urgence.

Il s'exécute, ce qui me permet de confirmer mes soupçons : Jeanine Matthews est dans le bureau de Max, bien droite, dans une tenue parfaitement repassée, une chemise plastifiée sur les genoux. Je m'empare du casque de Zeke, sans me soucier du regard noir qu'il me jette.

Max et Jeanine ne parlent pas très fort, mais quand même assez pour que je les entende.

— J'ai réduit le nombre à six, dit Max. Pas trop mal, au bout de deux jours.

— C'est une perte de temps, objecte Jeanine. On a déjà notre candidat. J'ai fait le nécessaire pour cela. On était d'accord.

— Tu ne m'as jamais demandé mon avis, et c'est ma faction, réplique sèchement Max. Je n'aime pas ce type, et je ne veux pas passer mes journées à travailler avec quelqu'un que je ne n'aime pas. Le minimum est de me laisser choisir quelqu'un qui remplisse tous les critères...

Jeanine se lève en serrant sa chemise plastifiée contre elle.

— Très bien. Mais quand tu auras échoué, j'espère que tu auras l'honnêteté de l'admettre. Je ne supporte pas l'orgueil des Audacieux.

— J'oubliais que les Érudits sont l'image même de l'humilité, rétorque Max avec aigreur.

— Hé, me siffle Zeke, mon supérieur nous regarde. Rends-moi ce casque.

Il me l'arrache du crâne en le faisant claquer contre mes oreilles, qui tintent.

— Va-t'en ou je vais perdre mon boulot, ajoute-t-il.

Il a l'air sérieux, et inquiet. Je n'insiste pas, même si je n'ai pas la réponse à la question qui m'a amené ici. Mais c'est ma faute si je me suis laissé distraire. Je ressors discrètement, le cerveau bouillonnant, à la fois terrifié à l'idée que mon père est venu dans mon appartement, qu'il veut me voir seul en pleine nuit dans une rue abandonnée, et perturbé par ce que je viens d'entendre. « On a déjà notre candidat. J'ai fait le nécessaire pour cela. » Il doit s'agir du candidat à la direction des Audacieux.

Mais en quoi l'identité d'un futur leader des Audacieux regarderait-elle Jeanine Matthews ?

J'accomplis tout le chemin du retour sans m'en apercevoir. Une fois chez moi, je m'assieds au bord de mon lit et je fixe le mur d'en face : « Pourquoi Marcus veut-il me voir ? » ; « Pourquoi les Érudits sont-ils impliqués dans la politique des Audacieux ? » ; « Marcus a-t-il décidé de m'éliminer sans témoins, ou veut-il m'avertir de quelque chose, ou me menacer... ? » ; « Qui est le candidat dont ils parlaient ? »

Une main plaquée sur le front, j'essaie de me calmer, bien que chacune de ces pensées me lance dans l'arrière du crâne comme une piqûre. Je ne peux rien faire dans l'immédiat concernant Max et Jeanine. Pour l'instant, il me faut décider si, oui ou non, je vais à ce rendez-vous.

Le jour que tu détestes le plus.

Je n'aurais jamais pensé que Marcus faisait attention à moi, qu'il savait ce que j'aimais ou pas. Il semblait juste me considérer comme une gêne, un motif d'énervement. Mais n'ai-je pas appris, pas plus tard qu'il y a quelques semaines, qu'il savait que les simulations ne fonctionneraient pas sur moi et qu'il avait essayé de me protéger ? Malgré toutes les horreurs qu'il a pu me dire ou me faire, peut-être que quelque part au fond de lui, il est capable de se voir comme mon père. Peut-être que c'est cette lueur d'instinct paternel qui me donne ce rendez-vous, et qu'il essaie de me le montrer en me disant qu'il me connaît, qu'il sait ce que j'aime, ce que je déteste, ce que je crains.

Je ne sais pas trop pourquoi cette pensée me remplit tellement d'espoir, alors que je le hais depuis si longtemps. Mais peut-être que, tout comme une part de lui peut réagir en père, il existe aussi une part de moi qui peut encore réagir en fils ?

+++

Quand je sors de l'enceinte des Audacieux à une heure et demie du matin, le bitume exhale encore la chaleur emmagasinée pendant la journée. La lune est voilée par des nuages et les rues sont plongées dans l'obscurité, mais je n'ai pas peur du noir ni des rues, plus maintenant. Une fois qu'on a cassé la figure à quelques novices, on a au moins acquis ça.

J'inspire l'odeur de l'asphalte chaud et je me mets à courir, en faisant claquer mes baskets. Tout est désert autour de l'enceinte des Audacieux ; ceux de ma faction vivent pelotonnés les uns contre les autres, comme une meute de chiens endormis. Je comprends tout à coup pourquoi Max s'inquiète de me voir vivre seul. Si je suis un vrai Audacieux, ne devrais-je pas chercher à mêler le plus possible ma vie à la leur, à me fondre dans ma faction jusqu'à ne plus pouvoir me différencier des autres ?

J'y réfléchis tout en courant. Il a peut-être raison. Peut-être que je ne fais pas ce qu'il faut pour m'intégrer ; peut-être que je ne prends pas assez sur moi-même. Je trouve un rythme de croisière, en jetant un œil au passage sur les panneaux pour ne pas me perdre. Quand j'atteins le noyau d'immeubles occupés par les sans-faction, je le reconnais aux ombres qui bougent derrière les fenêtres obstruées. Je me cale sous la voie ferrée, dont les traverses en bois décrivent une longue courbe qui s'écarte de la rue.

La Ruche grossit à vue d'œil. J'ai le cœur battant mais la course n'y est pour rien. Je pile au pied des marches du quai pour reprendre mon souffle, et je repense à la première fois où je les ai gravies, dans une marée d'Audacieux hurlants qui me poussait en avant. Ce jour-là, c'était facile, je n'ai eu qu'à me laisser porter par leur élan. Je monte l'escalier dans l'écho de mes pas sur le métal, et je regarde l'heure en arrivant en haut.

Deux heures du matin.

Le quai est vide.

Je l'arpente de long en large pour m'assurer que personne ne se cache dans un coin sombre. En entendant le grondement d'un train au loin, je m'arrête pour chercher des yeux la lumière fixée à l'avant. Je ne savais pas qu'ils roulaient encore à cette heure-ci ; le courant est censé être coupé dans toute la ville après minuit pour économiser l'énergie. Je me demande si Marcus a demandé une faveur aux sans-faction. Mais pourquoi prendrait-il le train ? Et puis, le Marcus Eaton que je connais ne s'abaisserait jamais à négocier ainsi avec les Audacieux. Il préférerait encore traverser la ville pieds nus.

La lumière du train clignote, une seule fois, tandis qu'il charge le long du quai. Il ralentit en trépidant dans un bruit de pilon, sans s'arrêter, et je vois une mince silhouette sauter souplement de l'avant-dernier wagon. Ce n'est pas Marcus. C'est une femme.

Je serre si fort la feuille de papier dans mon poing que mes ongles s'enfoncent dans mes paumes.

Elle vient vers moi à grandes enjambées. Quand elle n'est plus qu'à quelques mètres, je distingue ses traits. De longs cheveux bouclés. Un nez fort, busqué. Un pantalon noir d'Audacieuse, une chemise grise d'Altruiste, des bottes marron de Fraternelle. Son visage est ridé, marqué, amaigri. Mais je la reconnais, je n'oublierais jamais le visage de ma mère, Evelyn Eaton.

— Tobias, souffle-t-elle, les yeux écarquillés, comme si elle était aussi médusée par ma présence que moi par la sienne.

Mais c'est impossible, parce qu'elle savait que j'étais en vie, alors que je revois l'urne qui contenait ses cendres posée sur la cheminée, portant encore les traces de doigts de mon père.

Je me rappelle le matin où, à moitié endormi, je suis tombé sur un groupe d'Altruistes aux mines graves dans la cuisine, la façon dont ils ont levé les yeux pour me regarder et comment Marcus m'a expliqué, avec une compassion feinte, que ma mère était morte pendant la nuit des suites d'une fausse couche.

Je me souviens d'avoir demandé : « Elle attendait un bébé ? »

« Bien sûr, fils. » Il s'était tourné vers les autres pour ajouter : « Ce n'est rien, sûrement l'effet du choc. C'est normal, vu les circonstances. »

Je me revois assis dans le salon devant une assiette pleine, entouré d'Altruistes qui chuchotaient, dans une maison envahie par les voisins, sans que personne ne me dise une seule chose qui ait du sens pour moi.

— Je sais que ça doit... te faire un choc, me dit-elle.

J'ai du mal à reconnaître sa voix, plus basse, plus affirmée, plus dure que dans mon souvenir, et je comprends que les années l'ont changée. Je ressens trop de choses, trop fort, puis soudain je ne ressens plus rien.

— Tu es censée être morte, rappelé-je platement.

C'est une phrase absurde. Une remarque parfaitement absurde à dire à sa mère alors qu'elle revient d'entre les morts. Mais la situation est absurde.

— Je sais. Je ne suis pas morte.

Il me semble qu'il y a des larmes dans ses yeux, mais je n'en suis pas sûr dans l'obscurité.

— Je vois ça. Est-ce que tu étais vraiment enceinte, au moins ?

C'est sorti d'une voix sarcastique, désinvolte.

— Enceinte ? C'est ce qu'on t'a raconté ? Que j'étais morte en accouchant ? (Elle secoue la tête.) Pas du tout. Je préparais mon départ depuis des mois – il fallait que je disparaisse. Je me disais qu'il t'aurait peut-être expliqué, quand tu serais assez grand.

Je lâche un rire bref, une sorte d'aboiement.

— Tu croyais que *Marcus Eaton* admettrait que sa femme l'a quitté ? Et qu'il me le dirait à moi ?

— Tu es son fils, me répond-elle en fronçant les sourcils. Il t'aime.

À cet instant, toute la tension des dernières heures, des dernières semaines, des dernières *années* se concentre en moi et me submerge, et je ris ouvertement, mais d'un drôle de rire, mécanique. Un rire qui m'effraie moi-même.

— Tu as le droit d'être en colère qu'on t'ait menti, dit-elle. Je le serais aussi. Mais, Tobias, il fallait que je parte, je sais que tu comprends pourquoi...

Elle a un geste vers moi et je lui saisis le poignet pour la repousser.

— Ne me touche pas.

— D'accord, d'accord.

Elle lève les mains, paumes vers l'extérieur, et recule.

— Mais tu comprends, je sais que tu comprends.

— Ce que je comprends, c'est que tu m'as laissé tout seul avec un fou sadique.

Tout à coup, c'est comme si quelque chose en elle s'effondrait. Ses mains retombent lourdement, comme des enclumes. Ses épaules s'affaissent. Même son visage se défait, comme si elle réalisait de quoi je parle. Je croise les bras en rejetant les épaules en arrière, afin de paraître le plus grand, le plus fort, le plus dur possible. C'est plus facile maintenant, dans les vêtements noirs des Audacieux, que ça ne l'a jamais été dans le gris des Altruistes, et c'est peut-être pour ça que j'ai choisi de me réfugier ici. Peut-être pas tant pour me venger, pour blesser Marcus, que parce que je savais que cette vie m'apprendrait à être plus fort.

— Je... commence-t-elle.

— Arrête de me faire perdre mon temps. Qu'est-ce qu'on fait là ?

Je jette la feuille froissée par terre entre nous et je fixe ma mère en haussant les sourcils.

— Depuis sept ans que tu es morte, tu n'as jamais songé à me faire cette révélation spectaculaire. Qu'est-ce qui a changé, brusquement ?

Elle ne répond pas tout de suite. Puis, visiblement, elle se ressaisit et me dit :

— Nous, les sans-faction, on aime se tenir au courant de ce qui se passe. Des événements comme la cérémonie du Choix, par exemple. Ce qui m'a permis d'apprendre que tu avais choisi les Audacieux. J'y aurais bien assisté moi-même, mais je ne voulais pas tomber sur *lui*. Je suis devenue... une espèce de leader chez les sans-faction, je dois éviter de m'exposer.

J'ai un goût acide dans la bouche.

— Dis donc, j'en ai, des parents importants. Quelle chance.

— Cette réaction ne te ressemble pas. Tu n'es même pas un tout petit peu heureux de me voir ?

— Heureux de te voir ? C'est tout juste si je me souviens de toi, Evelyn. J'ai vécu presque autant d'années sans toi qu'avec toi.

Son visage s'altère. Je l'ai blessée. Parfait.

— Quand tu as choisi les Audacieux, reprend-elle lentement, j'ai su que le moment était venu de te contacter. J'ai toujours eu l'intention de renouer avec toi, une fois que tu aurais fait ton choix et que tu vivrais seul, pour pouvoir te proposer de nous rejoindre.

— Vous rejoindre. Devenir un sans-faction ? Pourquoi aurais-je envie de faire ça ?

— Notre ville change, Tobias. Les sans-faction se rassemblent, les Audacieux et les Érudits aussi. D'ici peu, tout le monde devra choisir son camp, et je sais quel sera ton choix. Je pense que ta présence à nos côtés peut vraiment faire la différence.

— Toi, tu sais quel sera mon choix. Vraiment. Je ne suis pas un traître à ma faction. J'ai choisi les Audacieux ; c'est là qu'est ma place.

— Tu n'as rien à voir avec ces crétins sans cervelle toujours prêts à risquer leur peau pour rien, me réplique-t-elle sèchement. Pas plus que tu n'étais un petit Pète-sec docile et inhibé. Tu peux être bien plus que tout cela, bien plus que n'importe quelle caricature modelée par les factions.

— Tu n'as pas la moindre idée de ce que je suis ni de ce que je peux devenir. Je suis sorti premier de l'initiation. Les leaders me proposent de me joindre à eux.

— Ne sois pas naïf, dit-elle en plissant les yeux. Ce n'est pas un nouveau leader qu'ils veulent, mais un pion qu'ils puissent manipuler. C'est pour ça que Jeanine Matthews traîne au siège des Audacieux, qu'elle n'arrête pas de placer dans votre faction de nouveaux valets qui lui font des rapports. Tu n'as pas remarqué qu'elle semble au courant de choses qu'elle n'est pas censée savoir ? Qu'ils n'arrêtent pas de modifier l'entraînement des novices pour expérimenter ceci ou cela ? Comme si les Audacieux allaient effectuer ce genre de changement de leur propre initiative.

Amar nous a dit en effet que traditionnellement, la formation n'accordait pas autant d'importance au paysage des peurs, mais qu'ils essayaient quelque chose de nouveau. Une expérience. Et Evelyn a raison, les Audacieux ne font pas d'expériences. S'ils privilégiaient vraiment l'aspect pratique et l'efficacité, ils ne s'amuseraient pas à nous apprendre à lancer des couteaux.

Et puis il y a Amar. Retrouvé mort un beau matin. Est-ce que je n'ai pas moi-même accusé Eric de jouer les informateurs ? Est-ce que je ne le soupçonne pas depuis des semaines d'être en liaison avec les Érudits ?

— Même si tu as raison sur les Audacieux, dis-je en m'approchant d'elle, vidé de toute mon énergie agressive, jamais je ne me joindrai à vous.

Et j'ajoute, en m'efforçant d'empêcher ma voix de trembler :

— Je ne veux plus jamais te revoir.

— Je ne te crois pas, me dit-elle tout bas.

— Peu importe que tu me croies ou pas.

Et, passant à côté d'elle, je repars vers l'escalier par lequel je suis arrivé.

— Si tu changes d'avis, lance-t-elle dans mon dos, tout message confié à un sans-faction me parviendra !

Je dévale les escaliers sans me retourner et je m'élance en

courant dans la rue. Je ne sais même pas si je vais dans la bonne direction ; je sais juste que je veux être le plus loin possible d'elle.

+++

Pas moyen de dormir.

J'arpente fiévreusement mon appartement. Je sors de mes tiroirs les vestiges de ma vie d'Altruiste pour les jeter à la poubelle : ma chemise déchirée, mon pantalon, mes chaussures, mes chaussettes, même ma montre. Je finis par lancer ma tondeuse électrique contre le mur de la douche, où elle se casse en plusieurs morceaux.

À la première heure, je me rends au studio de tatouage. Tori est déjà là – même si « là » est peut-être un grand mot, parce qu'elle a les yeux gonflés de sommeil, le regard perdu dans le vide, et qu'elle n'a pas encore fini son café.

— Un problème ? me demande-t-elle. En fait, je ne devrais pas être là. Je vais courir avec Bud, ce malade.

— Avec un peu de chance, tu feras une exception.

— Je vois rarement des gens débarquer ici avec des demandes de tatouage urgentes, commente-t-elle.

— Il y a une première fois pour tout.

Elle se redresse, un peu plus réveillée.

— OK. Tu sais ce que tu veux ?

— Il y avait un dessin chez toi quand on est passés il y a quelques semaines. Celui qui représentait tous les symboles des factions ensemble. Tu l'as toujours ?

Elle se raidit.

— Tu n'étais pas censé voir ça.

Je sais pourquoi elle réagit comme ça, pourquoi elle ne tient pas à faire de publicité autour de ce dessin : parce qu'il suggère une inclination pour d'autres factions au lieu d'affirmer la suprématie des Audacieux, comme sont censés le faire ses tatouages. Même les membres reconnus de la faction sont soucieux de se montrer le plus Audacieux possible. Je ne sais pas pourquoi, ni quel genre de menace on brandit face à ceux qu'on pourrait appeler des « traîtres à la faction » ; mais c'est précisément ce qui m'amène.

— C'est un peu l'idée, confirmé-je. Je veux ce tatouage.

J'y ai pensé en rentrant chez moi cette nuit, tandis que je repassais en boucle dans ma tête ce que m'avait dit ma mère. « Tu peux être bien plus que tout cela, bien plus que n'importe quelle caricature modelée par les factions. » Elle pense que pour dépasser les limites d'une faction, je devrais partir, quitter les gens qui m'ont accueilli comme l'un des leurs ; que je devrais lui pardonner et adopter aveuglément son point de vue et son mode de vie à elle. Mais je n'ai pas besoin de partir, ni de faire quoi que ce soit que je n'ai pas envie de faire. Je peux dépasser les limites d'une faction en restant ici, chez les Audacieux. Peut-être même que c'est déjà le cas, et qu'il est temps que je le montre.

Tori regarde autour d'elle et ses yeux bondissent vers la caméra fixée dans l'angle de la pièce, que j'avais déjà remarquée en entrant. Elle aussi, elle est de ceux qui remarquent les caméras.

— C'était juste un dessin idiot, dit-elle d'une voix bien audible. Viens, ça n'a pas l'air d'aller, toi. On peut en parler, trouver quelque chose qui te convienne mieux.

Elle me fait signe de la suivre et me fait passer par la petite réserve qui se trouve derrière le studio pour m'amener chez elle. On traverse la cuisine délabrée et on entre au salon, où ses dessins sont toujours en pile sur la table basse.

Elle les feuillette jusqu'à ce qu'elle trouve celui dont je parlais, les flammes des Audacieux enveloppées par les mains des Altruistes, les racines d'arbre des Fraternels qui poussent sous l'œil des Érudits, lui-même suspendu sous la balance des Sincères. Les symboles enchevêtrés des cinq factions. Elle me le montre et je hoche la tête.

— Je ne peux pas te tatouer ça au studio, à la vue de tout le monde, me prévient-elle. Ça ferait de toi une cible vivante. On te soupçonnerait d'être un traître à la faction.

— Je veux que tu me le fasses dans le dos, précisé-je. Le long de la colonne.

Les traces des coups de ma dernière soirée avec mon père sont cicatrisées, maintenant, mais je veux pouvoir me rappeler où elles étaient. Je veux pouvoir me rappeler jusqu'à la fin de mes jours pourquoi je me suis enfui.

— Tu ne fais rien à moitié, toi, hein ? dit Tori avec un soupir. Ça va prendre du temps. Plusieurs séances. On va devoir caler ça ici, en dehors des heures normales, parce que je ne ferai pas ça devant les caméras, même s'ils s'intéressent rarement à ce qui se passe au studio.

— Ça marche.

— Tu sais, quelqu'un qui se fait faire ce tatouage aura sans doute intérêt à ne pas s'en vanter, ajoute-t-elle en me regardant du coin de l'œil. Ou certains pourraient finir par se dire qu'il est Divergent.

— Qu'il est quoi ?

— C'est un terme qui désigne ceux qui restent lucides pendant les simulations et qui refusent les catégories, m'explique-t-elle.

Un terme qu'on utilise avec prudence, parce que ces gens-là meurent souvent dans des circonstances assez obscures.

Elle continue à reproduire le tatouage sur une feuille de papier transfert d'un air décontracté, les coudes sur les genoux. Nos regards se croisent et je comprends : Amar. Il restait lucide pendant les simulations, et tout à coup il meurt.

Amar était Divergent.

Et je le suis aussi.

— Merci pour le cours de vocabulaire, dis-je.

— Pas de quoi, fait-elle en reprenant son dessin. Tu sais, je commence à croire que plus tu en baves, plus tu es content.

— Et ?

Elle esquisse un sourire.

— Rien. C'est juste un comportement très Audacieux, pour quelqu'un qui a obtenu un résultat Altruiste. Allez, on s'y met. Je vais laisser un mot à Bud, il n'aura qu'à courir tout seul, pour une fois.

+++

Tori a peut-être raison. Peut-être bien que ça me plaît d'en « baver ». Peut-être que j'ai un fond masochiste qui exploite la souffrance pour affronter la souffrance. En tout cas, la légère sensation de brûlure qui m'accompagne jusqu'au lendemain, deuxième journée de ma formation de leader, m'aide à me concentrer sur ce que je m'apprête à faire et à oublier la voix sourde et froide de ma mère et la façon dont je l'ai repoussée quand elle a voulu me réconforter.

Dans les années qui ont suivi sa « mort », je rêvais souvent qu'elle revenait à la vie et qu'elle me passait la main dans les cheveux avec des formules rassurantes mais absurdes, comme « ça va aller » ou « ça finira par s'arranger ». Jusqu'à ce que je m'interdise de rêver, parce que c'était plus dur d'espérer des choses qui n'arriveraient jamais que de faire face à la réalité. Même aujourd'hui, je refuse d'imaginer ce que ce serait de me réconcilier avec elle. Je suis trop grand pour me laisser bercer par des paroles de réconfort. Trop grand pour croire que tout va s'arranger.

Je vérifie que le coin du pansement qui dépasse de mon col est bien en place. Ce matin, Tori a dessiné les contours des deux premiers symboles, Audacieux et Altruiste, qui seront plus gros que les autres parce que ce sont, l'une, la faction que j'ai choisie et l'autre, celle pour laquelle j'avais des aptitudes. Du moins je crois que j'ai des aptitudes pour les Altruistes, mais difficile d'en être sûr. Elle m'a dit de les protéger. La flamme des Audacieux est le seul symbole visible quand je porte un tee-shirt, et comme j'ai rarement l'occasion de me montrer torse nu en public, ça ne devrait pas me poser de problèmes.

Tous les autres sont déjà dans la salle de conférence et Max est en train de parler. Je vais m'asseoir, soudain pris d'une sorte de lassitude je-m'en-foutiste. Evelyn a tort sur un certain nombre de points, mais pas sur cette histoire de leader – Jeanine et Max veulent juste un pion, raison pour laquelle ils le cherchent parmi les plus jeunes, plus faciles à modeler et à manipuler. Je ne me laisserai pas modeler et manipuler par Jeanine Matthews. Je ne serai pas un pion, ni pour eux, ni pour ma mère, ni pour mon père. Je n'appartiendrai à personne d'autre qu'à moi-même.

— Merci de nous honorer de ta présence, me lance Max. J'espère que tu ne t'es pas levé exprès pour nous.

Les autres ricanent, et il reprend :

— Je disais donc qu'aujourd'hui, j'aimerais entendre vos propositions sur la manière d'améliorer notre faction – la vision que vous avez pour elle dans les années à venir. Je vais vous prendre par petits groupes, classés par âge, en commençant par les plus vieux. Les autres, pendant ce temps, réfléchissez à ce que vous pourriez suggérer.

Il sort avec trois candidats. Eric est assis en face de moi, et je remarque qu'il a de plus en plus de piercings sur le visage. Il en a aussi sur l'arcade sourcilière, maintenant. Il va finir par ressembler à une pelote d'épingles. C'est peut-être le but, d'ailleurs, une stratégie. En le regardant, personne ne le prendrait pour un Érudit.

— Je me trompe ou tu es en retard parce que tu étais en train de te faire tatouer ? me demande-t-il en désignant le bord du pansement visible à la base de mon cou.

— Je n'ai pas fait attention à l'heure. Dis donc, tu as remarqué tous ces bouts de métal sur ta figure ? Tu devrais peut-être aller voir un médecin.

— Très drôle. C'est rassurant de voir que quelqu'un qui a eu ton éducation est capable de faire de l'humour. Ton père n'a pas l'air d'être un rigolo.

La peur me frappe comme un coup de poignard. Il est à deux doigts de prononcer mon nom dans une salle remplie de monde, et il tient à ce que je le sache – il me rappelle qu'il sait qui je suis, et qu'il peut s'en servir contre moi à tout moment.

Je ne peux pas faire semblant que ça m'est égal. Le rapport de forces s'est déséquilibré, et je ne peux pas faire comme si de rien n'était.

— Je crois que je sais d'où tu tiens cette information, déclaré-je.

Jeanine Matthews me connaît à la fois par mon nom et par mon surnom. Elle a dû le lui dire.

— J'ai toujours eu de sérieux soupçons, me répond-il en baissant la voix. Mais ils ont été confirmés par une source fiable, en effet. Tu n'es pas aussi fort que tu le crois pour protéger tes secrets, *Quatre*.

Je pourrais le menacer, lui dire que s'il révèle mon nom aux Audacieux, moi, je révélerai qu'il reste en contact avec les Érudits. Mais je n'ai pas de preuves, et de toute façon les Audacieux ont encore moins de sympathie pour les Altruistes que pour les Érudits. Je me contente de me radosser à ma chaise pour attendre notre tour.

Les autres sortent au fur et à mesure qu'on les appelle et il ne reste bientôt plus que nous deux. Puis Max nous fait signe sans un mot. On le suit dans son bureau, celui que j'ai vu hier sur les images de vidéosurveillance. Je repasse dans ma tête la conversation que j'ai surprise entre lui et Jeanine Matthews pour m'armer de courage et affronter la suite.

Max croise les mains sur son bureau, et une fois de plus, je suis frappé par l'incongruité de sa présence dans un environnement aussi aseptisé. Sa place est dans une salle d'entraînement, à frapper dans un sac, ou accoudé à la rambarde de la Fosse. Pas derrière un bureau encombré de dossiers.

Je regarde le secteur Audacieux par la fenêtre. À quelques mètres, je distingue le toit où je me suis tenu juste après avoir fait mon choix et le rebord duquel j'ai sauté. « J'ai choisi les Audacieux, ai-je affirmé à ma mère hier. C'est là qu'est ma place. »

Mais est-ce que c'est vrai ?

— Bien, dit Max. Eric, tu commences. As-tu des idées sur ce qui pourrait être bon pour les Audacieux, les faire avancer ?

Eric se redresse sur sa chaise.

— Oui. Je crois qu'il faudrait opérer certains changements, et cela dès l'initiation.

— À quoi penses-tu ?

— Les Audacieux ont toujours entretenu l'esprit de compétition. La compétition nous stimule. Elle fait ressortir ce qu'il y a de meilleur, de plus fort en nous. Je pense que l'initiation devrait intensifier cet esprit, pour produire les meilleurs novices possibles. Actuellement, ils ne font que se battre en suivant les règles du système, pour obtenir le meilleur score et passer à l'étape suivante. Je pense qu'ils devraient se battre les uns contre les autres pour franchir des éliminatoires.

Avant d'avoir pu me retenir, je me tourne vers lui pour le dévisager. Des éliminatoires ? Au bout de quinze jours d'initiation ?

— Et ceux qui échouent ?

— Ils quittent la faction, dit Eric.

Je ravale un ricanement. Il continue :

— Si on pense vraiment que notre faction est supérieure aux autres, que ses objectifs sont prioritaires, alors, devenir l'un des nôtres devrait être un honneur et un privilège, et non simplement un droit.

— C'est une blague ? dis-je, incapable de me contenir plus longtemps. Les gens choisissent une faction parce qu'ils partagent ses valeurs, pas parce qu'ils ont déjà les compétences qu'elle enseigne. Ce que tu proposes revient à virer des gens de chez les Audacieux juste parce qu'ils ne sont pas assez forts pour sauter dans un train en marche ou gagner un combat. Ça privilégie les plus grands, les plus forts et les plus intrépides au détriment de ceux qui sont plus frêles, même s'ils sont plus intelligents et plus courageux. Je ne vois pas en quoi ça améliorerait la faction.

— Je suis sûr que ceux qui sont plus frêles et plus intelligents seraient parfaitement dans leur élément chez les Érudits, ou en petits Pète-sec tout en gris, me réplique Eric avec un sourire ironique. Et il me semble que tu n'accordes pas assez de crédit à nos nouveaux membres potentiels, Quatre. Ce système ne ferait qu'avantager les plus motivés.

Je jette un coup d'œil vers Max, m'attendant à le trouver dubitatif face à cette proposition, mais même pas. Il est penché en avant, concentré sur le visage troué de piercings d'Eric comme si son discours l'avait inspiré.

— Voilà un débat intéressant, dit-il. Quatre, comment améliorerais-tu notre faction, si on ne passe pas par la compétition ?

Je secoue la tête en me tournant de nouveau vers la fenêtre. « Tu n'as rien à voir avec ces crétins sans cervelle toujours prêts à risquer leur peau pour rien », m'a dit ma mère. Ce sont ces crétins-là qu'Eric veut voir chez les Audacieux. Mais s'il est effectivement à la solde de Jeanine Matthews, quel intérêt a-t-elle à favoriser ça ?

Oh. Bien sûr. Les crétins prêts à risquer leur peau pour rien sont plus faciles à contrôler.

— Je l'améliorerais en privilégiant le vrai courage à la bêtise et à la brutalité, dis-je. En supprimant le lancer de couteaux. En préparant les gens physiquement et mentalement à défendre les plus faibles contre les plus forts. C'est ce que prône notre manifeste. Je pense qu'on devrait revenir à ce fondement.

— Et après, tout le monde chante en se tenant la main ? fait Eric en levant les yeux au plafond. C'est des Fraternels que tu veux, pas des Audacieux.

— Non. Ce que je veux, c'est qu'on se donne les moyens de continuer à réfléchir par soi-même, à penser au-delà de la prochaine poussée d'adrénaline. Ou tout simplement à penser, point. Et on ne risquera pas de se faire évincer ou... contrôler de l'extérieur.

— C'est un peu Érudit, tout ça, remarque Eric.

— La capacité de penser n'est pas l'apanage des Érudits, riposté-je. La capacité de penser en situation de stress est précisément ce que les simulations de peurs sont censées développer.

— OK, OK, intervient Max en levant les mains, l'air perturbé. Quatre, excuse-moi, mais tout ça semble un peu paranoïaque. Qui veux-tu qui cherche à nous évincer ou à nous contrôler ? Tu n'étais pas né que les différentes factions cohabitaient déjà pacifiquement, il n'y a aucune raison pour que ça change.

J'ouvre la bouche pour lui dire qu'il se trompe, qu'à la minute où il a laissé Jeanine Matthews se mêler des affaires de notre faction, où il l'a laissée infiltrer dans notre programme d'initiation des transferts loyaux aux Érudits comme Eric, il a mis en péril le système qui nous a permis de cohabiter en paix jusqu'ici. Puis je me rends compte que lui dire tout ça reviendrait à l'accuser de trahison, et révélerait tout ce que je sais.

Max me regarde, et je lis de la déception sur son visage. Je sais qu'il m'aime bien – plus qu'Eric, en tout cas. Mais ma mère avait raison hier : il ne veut pas de quelqu'un comme moi, quelqu'un qui réfléchit par lui-même, prend des initiatives. Il veut quelqu'un comme Eric, qui l'aidera à instaurer le nouveau programme des Audacieux, qui sera facile à manipuler, tout bêtement parce qu'il est sous la coupe de Jeanine Matthews, quelqu'un qui sera vraiment du même bord que lui.

Hier, ma mère a évoqué deux voies possibles : être un pion pour les Audacieux ou devenir un sans-faction. Mais il en existe une troisième : n'être d'aucun bord. Vivre sous le radar, librement. Voilà ce que je veux, au fond : m'émanciper de tous ceux qui veulent me façonner, les uns après les autres, pour apprendre à me façonner tout seul.

— Pour être franc, monsieur, déclaré-je calmement, je ne crois pas que ma place soit ici. Quand on en a discuté, je vous ai dit que j'aimerais devenir instructeur, et je crois que plus ça va, plus je me rends compte que c'est ce qui me conviendrait.

— Eric, tu peux nous laisser un instant, s'il te plaît ? demande Max.

Eric acquiesce d'un signe de tête et se lève en masquant difficilement sa jubilation. Même sans le voir, je serais prêt à parier ma première paye qu'il s'éloigne dans le couloir avec un petit sautillement.

Max se lève pour venir s'asseoir à côté de moi, sur la chaise d'Eric.

— J'espère que tu ne dis pas ça parce que je t'ai reproché d'être paranoïaque, me dit-il. Si je me suis permis cette remarque, c'est parce que je m'inquiète pour toi. J'ai eu peur que tu ne réagisses sous l'effet de la pression, qu'elle t'empêche d'avoir les idées claires. Je pense toujours que tu représentes un candidat sérieux. Tu as le bon profil, tu as démontré des aptitudes pour tout ce qu'on t'a appris – et au-delà de ça, pour être franc, tu es plus sympathique que certains de nos autres candidats les plus prometteurs, ce qui a aussi son importance dans le cadre d'une proche collaboration.

— Merci, dis-je. Mais vous avez raison, j'ai du mal à supporter la pression. Et elle serait bien plus forte si je devenais un leader.

Max hoche la tête tristement.

— Bien...

Nouveau hochement de tête.

— Si tu préfères devenir instructeur, je vais arranger ça. Mais c'est un travail ponctuel. Où voudrais-tu travailler le reste de l'année ?

— Pourquoi pas dans la salle de contrôle ? Je me suis rendu compte que j'aimais bien travailler sur les ordinateurs. En revanche, je ne sais pas si j'apprécierais autant les patrouilles.

— Entendu, me dit Max. C'est comme si c'était fait. Merci d'avoir été franc avec moi.

Je me lève, passablement soulagé. Lui paraît inquiet, compatissant. Sans douter une seconde de mes raisons ni de ma paranoïa.

— Mais si un jour tu changes d'avis, ajoute-t-il, n'hésite pas à m'en parler. On trouvera toujours à employer utilement quelqu'un comme toi.

— Merci, répété-je.

Et même s'il est le pire traître à sa faction que j'aie jamais rencontré et qu'il a sans doute sa part de responsabilité dans la mort d'Amar, je ne peux pas m'empêcher de lui être un peu reconnaissant de me laisser partir aussi facilement.

+++

Eric m'attend derrière l'angle du couloir et m'attrape par le bras au moment où je passe devant lui.

— Fais gaffe, Eaton, marmonne-t-il. Si tu laisses sortir la plus petite remarque sur mes relations avec les Érudits, il va t'arriver un truc désagréable.

— Pareil pour toi si tu m'appelles comme ça encore une fois.

— Je serai bientôt l'un de tes chefs, me signale-t-il d'un air satisfait. Et crois-moi, je surveillerai très attentivement ce que tu fais et la façon dont tu mets en œuvre mes nouvelles méthodes d'entraînement.

— Tu sais qu'il ne t'aime pas ? Je parle de Max. Il préférerait se retrouver avec n'importe qui plutôt que toi. Bonne chance pour tirer sur ta laisse parce qu'il ne te laissera pas un centimètre de mou dans un sens ou un autre.

Je dégage mon bras et je m'éloigne vers les ascenseurs.

+++

— Pff... grogne Shauna, tu parles d'une journée.

— Ouais.

On est assis au-dessus du gouffre, les pieds dans le vide. Le front contre la rambarde qui nous protège de la chute, je sens l'écume me chatouiller les chevilles chaque fois qu'une grosse vague frappe le mur.

Je lui ai raconté mon départ de la formation et la menace d'Eric, mais je ne lui ai pas parlé de ma mère. Comment expliquer à quelqu'un que sa propre mère est morte et qu'elle est revenue parmi les vivants ?

Toute ma vie, on a essayé de me contrôler. Marcus était le tyran de notre foyer et rien ne se faisait sans sa permission. Puis Max a voulu me recruter comme larbin des Audacieux. Même ma mère avait un plan pour moi, celui de me rallier à elle pour que je m'oppose au système des factions contre lequel *elle* est entrée en lutte, allez savoir pourquoi. Et pile quand je pensais avoir échappé à tout ça, Eric me tombe dessus pour me rappeler que s'il devient leader chez les Audacieux, il sera là pour me tenir à l'œil.

Tout ce que j'ai, en fait, ce sont les petits moments de rébellion que j'arrive à voler, comme quand je collectionnais des trucs ramassés dans la rue chez les Altruistes. Le tatouage que Tori grave dans mon dos, celui qui pourrait m'identifier à un Divergent, n'en est qu'un nouvel exemple. Je vais devoir m'atteler à en trouver d'autres, d'autres petits moments de liberté dans un monde qui me les refuse.

— Où est Zeke ? demandé-je.

— Je ne sais pas. Je n'ai pas trop envie de traîner avec lui ces temps-ci.

Je lui coule un regard en biais.

— Tu pourrais simplement lui dire qu'il te plaît, tu sais. Je suis sûr qu'il ne s'en doute même pas.

— Ça, c'est clair, ricane-t-elle. Mais peut-être que ce qu'il cherche, c'est uniquement papillonner de fille en fille ? Je ne tiens pas à ce qu'il me traite comme elles.

— Ça m'étonnerait beaucoup, mais je comprends.

On reste silencieux un moment, à contempler l'eau qui bouillonne à nos pieds.

— Tu feras un bon instructeur, reprend-elle au bout de quelques minutes. Tu as fait du bon boulot avec moi.

— Merci.

— Vous êtes là ! fait soudain la voix de Zeke derrière nous.

Il tient par le goulot une grosse bouteille pleine d'un liquide brun.

— Venez voir, j'ai découvert un truc !

Shauna et moi, on se regarde, on hausse les épaules et on se lève, et il nous conduit jusqu'aux portes qui se trouvent à l'autre bout de la Fosse, celles qu'on a empruntées juste après avoir sauté dans le filet. Mais au lieu de continuer tout droit, Zeke nous fait franchir une autre porte – dont la serrure tient grâce à du ruban adhésif –, prend un couloir plongé dans le noir total et monte un escalier.

— On devrait arriver à... Aïe !

— Pardon, je n'ai pas vu que tu t'arrêtais, dit Shauna.

— Une minute, j'y suis presque...

Il ouvre une porte, et le rai de lumière qui filtre nous permet de découvrir où on est : de l'autre côté du gouffre, à quelques mètres au-dessus de l'eau. Au-dessus de nos têtes, la Fosse paraît se prolonger indéfiniment et les gens qui passent près de la rambarde sont minuscules, impossibles à identifier à cette distance.

Je ris. Zeke, probablement sans le vouloir, vient de nous offrir un autre de ces petits moments de rébellion.

— Comment as-tu déniché cet endroit ? lui demande Shauna, visiblement stupéfaite, en sautant sur un rocher un peu plus bas.

D'ici, on découvre un escalier qui monte jusqu'en haut de la paroi, et par lequel on pourrait traverser le gouffre d'un bout à l'autre.

— La fille avec qui je suis sorti, Maria, sa mère travaille à la maintenance du gouffre. Je ne savais même pas que ça existait, ce boulot-là. Mais il faut croire que si.

— Tu ne la vois plus ? demande Shauna en s'efforçant de prendre l'air indifférent.

— Nan, fait Zeke. Quand je suis avec elle, j'ai juste envie qu'on soit copains. Avouez que c'est pas bon signe.

— Non, confirme Shauna d'un ton plus enjoué.

Je me laisse glisser prudemment sur le même rocher qu'elle. Zeke s'assoit à côté de nous et ouvre la bouteille.

— J'ai appris que t'étais plus dans la course, me dit-il en me la tendant. J'me suis dit que t'aurais besoin de boire un coup.

— Ouais, fais-je avant de prendre une gorgée.

— Considère ce acte de beuverie en public comme un gros... (il fait un geste obscène avec son doigt en direction du plafond de verre de la Fosse) enfin, tu vois, quoi, à Max et Eric.

« Et à Evelyn », ajouté-je pour moi-même en prenant une deuxième gorgée.

— En dehors des périodes d'initiation où je formerai les novices, je travaillerai dans la salle de contrôle, l'informé-je.

— Génial ! s'exclame Zeke. Ça va me faire du bien d'avoir un pote, là-bas. Il n'y en a pas un qui m'adresse la parole.

— On dirait moi dans mon ancienne faction, dis-je en riant. Imagine que tu prennes tous tes déjeuners sans que personne ne t'accorde jamais un regard.

— Ouch, fait Zeke. Je parie que tu ne regrettes pas d'être ici.

Je lui reprends la bouteille, j'avale une nouvelle rasade de cet alcool qui me pique la gorge et je m'essuie la bouche sur le dos de la main.

— Ouais, c'est clair, confirmé-je.

Si les factions se déchirent, comme ma mère semble le croire, je n'ai pas choisi le pire endroit pour les regarder se détruire. Au moins ici, j'ai des amis pour me tenir compagnie quand ça se produira.

+++

La nuit vient de tomber. Le visage caché sous ma capuche, je traverse en courant la zone des sans-faction, le long de sa frontière avec le secteur Altruiste. J'ai dû passer par le lycée pour retrouver mon chemin, mais maintenant, je sais où je suis, je me souviens de la route que j'ai prise le jour où je suis tombé sur le sans-faction dans l'immeuble où brûlait un morceau de charbon.

J'arrive devant la porte par laquelle j'étais ressorti et je frappe. J'entends des voix à l'intérieur, et une fenêtre ouverte laisse échapper des odeurs de cuisine et la fumée d'un feu qui flotte dans l'impasse. Des pas ; quelqu'un vient voir qui a frappé.

Cette fois, le sans-faction porte un tee-shirt rouge de Fraternel et un pantalon noir d'Audacieux. Il a toujours son torchon qui pend de sa poche arrière, le même que la dernière fois. Il entrouvre la porte juste assez pour me voir, pas davantage.

— Tiens, tiens, mais c'est qu'on a changé ! fait-il en inspectant ma tenue d'Audacieux. À quoi dois-je l'honneur de cette visite ? Ma charmante compagnie t'aurait-elle manqué ?

— Quand on s'est vus, vous saviez déjà que ma mère était en vie, dis-je. C'est pour ça que vous m'avez reconnu, parce que vous la voyez de temps en temps. Et c'est comme ça que vous saviez ce qu'elle a dit sur la « passivité » qui l'a amenée à choisir les Altruistes.

— Exact, confirme-t-il. Mais je me suis dit que ça n'était pas à moi de te l'apprendre. T'es venu exiger des excuses ?

— Non. Je suis venu lui déposer un message. Vous le lui donnerez ?

— Ouais, pas de problème. Je dois la voir dans deux ou trois jours.

Je sors de ma poche une feuille de papier pliée que je lui tends.

— Allez-y, lisez si vous voulez, ça ne me gêne pas. Et merci.

— Pas de quoi. Tu veux entrer ? Tu commences à nous ressembler plus qu'à eux, Eaton.

Je décline l'invitation d'un signe de tête.

Je reprends l'allée, et en tournant au coin, je le vois qui déplie la feuille pour la lire.

Evelyn,
Un jour. Pas tout de suite.
4
PS : Je suis heureux que tu ne sois pas morte.

LE TRAÎTRE

UNE NOUVELLE ANNÉE, un nouveau jour des Visites.

Il y a deux ans, alors que j'étais novice, j'ai passé cette journée terré dans la salle d'entraînement avec un sac, après m'être persuadé que le jour des Visites n'existait pas. J'y suis resté si longtemps que l'odeur de sueur et de poussière m'a collé à la peau pendant des jours. L'an dernier, ma première année d'instructeur, j'ai fait pareil, bien que Zeke et Shauna m'aient tous les deux invité à me joindre à leurs familles.

Cette année, j'ai mieux à faire que taper dans un sac en me lamentant sur ma famille pourrie. Je me rends dans la salle de contrôle.

Je traverse la Fosse en esquivant les retrouvailles larmoyantes et les rires. Les familles peuvent toujours se réunir le jour des Visites, même entre membres de différentes factions ; mais avec le temps, elles cessent souvent de le faire. « La faction avant les liens du sang », on en revient toujours là.

Les familles de transferts se reconnaissent à leurs mélanges vestimentaires. La sœur Érudite de Will est en bleu clair, les parents Sincères de Peter portent du noir et blanc. Je les observe quelques instants, en me demandant si ce sont eux qui ont fait de lui la personne qu'il est. Mais je pense qu'en général, la personnalité de quelqu'un ne s'explique pas aussi simplement.

Bien que je me sois fixé une mission, je prends le temps de m'arrêter au-dessus du gouffre, accoudé à la rambarde. Des bouts de papier flottent sur l'eau. Depuis que je sais qu'il y a un escalier taillé dans la pierre dans la paroi d'en face, je le repère tout de suite, ainsi que la porte dérobée qui débouche dessus. Je lâche un petit sourire en pensant aux nuits que j'ai passées sur les rochers avec Zeke ou Shauna, parfois à parler, parfois juste à écouter en silence le bruit de l'eau.

J'entends des pas qui s'approchent et je regarde par-dessus mon épaule. Tris arrive vers moi, bras dessus bras dessous avec une Altruiste vêtue de gris. Natalie Prior. Je me raidis, luttant contre l'envie de prendre mes jambes à mon cou. Natalie sait qui je suis, d'où je viens. Et si elle gaffait, ici, devant tout le monde ?

Non, elle ne peut pas me reconnaître. Je n'ai plus rien à voir avec le garçon qu'elle a connu, efflanqué, voûté, perdu dans des vêtements trop grands.

Elle me tend la main en arrivant à mon niveau.

— Bonjour. Je m'appelle Natalie. Je suis la mère de Beatrice.

Beatrice. Ce nom ne lui va tellement pas.

Je lui serre la main. Je n'ai jamais beaucoup apprécié ce rite Audacieux. Les règles sont trop floues ; on ne sait jamais à quel point serrer ni pendant combien de temps.

— Quatre, dis-je. Ravi de vous rencontrer.

— Quatre… répète-t-elle avec un sourire. C'est un surnom ?

— Oui. (Je change de sujet.) Votre fille s'en sort bien. Je supervise son entraînement.

— Je me réjouis de l'apprendre. Je sais plus ou moins comment se passe l'initiation chez les Audacieux et j'étais un peu inquiète.

Je regarde Tris du coin de l'œil. Elle a les joues roses, l'air heureux, comme si le fait de voir sa mère lui faisait du bien. Pour la première fois, je réalise vraiment combien elle a changé depuis le jour où elle est arrivée, tombant en roulé-boulé sur la plateforme en bois, si fragile qu'on pouvait se demander comment l'impact de sa chute dans le filet ne l'avait pas brisée. Elle ne paraît plus du tout fragile, avec les dernières traces de coups qu'elle porte sur le visage et cette nouvelle assurance qu'il y a dans sa façon de se tenir, comme si elle était prête à affronter n'importe quoi.

— Vous n'avez pas à vous inquiéter, dis-je à sa mère.

Tris détourne les yeux. Je crois qu'elle m'en veut encore de lui avoir éraflé l'oreille avec mon couteau. Ce qui se comprend.

— Votre visage me rappelle quelque chose, Quatre.

Sa phrase pourrait passer pour une remarque en l'air si elle ne me regardait pas avec autant d'insistance.

— Je ne vois vraiment pas pourquoi, répliqué-je, avec toute la froideur dont je suis capable. J'évite autant que possible de fréquenter les Altruistes.

Elle ne réagit pas comme je m'y attendais, par la surprise, la peur ou la colère. Elle se contente de rire.

— Vous n'êtes pas le seul, ces derniers temps. Je ne le prends pas personnellement.

Si elle m'a reconnu, elle ne semble pas décidée à le dire. J'essaie de me détendre.

— Bon, je vous laisse à vos retrouvailles.

+++

Les images des caméras de sécurité qui défilent sur mon écran passent du hall de la Flèche au puits noir délimité par quatre tours, par lequel les novices font leur entrée chez les Audacieux. Un groupe qui s'est assemblé autour s'amuse à monter sur le filet et à sauter dessus, sans doute pour tester sa solidité.

— Alors, c'est pas ton truc, le jour des Visites ? Je ne pensais pas te voir ici avant la fin de l'initiation.

Gus, mon superviseur, a surgi derrière mon épaule, une tasse de café à la main. Il n'est pas très vieux mais le haut de son crâne est déjà dégarni. Il porte les cheveux très courts, encore plus courts que les miens. Les lobes de ses oreilles sont déformés, élargis par des disques métalliques.

— Je me suis dit que je ferais aussi bien de m'occuper utilement.

Sur l'écran, je vois tout le monde se hisser hors du puits et se placer sur le côté, le long des tours. Tout en haut, une silhouette s'approche lentement du bord du toit, court sur quelques pas et saute. Je sens mon estomac tomber d'un cran, comme si c'était moi qui me jetais dans le vide, et la silhouette disparaît dans le trou. Je ne m'habituerai jamais à regarder ça.

— Ils ont l'air de bien s'éclater, remarque Gus en sirotant son café. Bon, tu es toujours le bienvenu ici même en dehors de tes heures, mais ce n'est pas non plus un crime de s'amuser bêtement, Quatre.

— Il paraît, marmonné-je tandis qu'il s'éloigne.

J'inspecte la salle du regard. Elle est presque vide. Le jour des Visites, tout fonctionne en équipes réduites, généralement formées des plus âgés. Gus est voûté sur son écran, encadré de deux autres gars qui observent les images, le casque posé de guingois sur une oreille. Et puis il y a moi.

Je tape sur une touche pour faire monter les images que j'ai mises de côté la semaine dernière. On y voit Max dans son bureau, devant son ordinateur. Il tape avec un seul doigt, en cherchant chaque touche. Il n'y a pas grand monde chez les Audacieux qui sache taper correctement sur un clavier ; Max encore moins que la moyenne, après avoir passé bon nombre d'années, à ce qu'on m'a dit, à patrouiller le secteur des sans-faction avec une arme. Il n'avait pas dû prévoir qu'il aurait un jour besoin de se servir d'un ordinateur. Je me penche vers l'écran pour vérifier que j'ai noté les bons chiffres. Si c'est le cas, j'ai le mot de passe de Max sur un bout de papier dans ma poche.

Depuis le jour où je me suis aperçu que Max travaillait main dans la main avec Jeanine Matthews, et où j'ai commencé à soupçonner qu'ils étaient impliqués dans la mort d'Amar, je cherche un moyen d'enquêter de plus près. J'en ai trouvé un en le voyant entrer son mot de passe l'autre jour.

084628. Ça a l'air de coller. Je retourne sur les images des caméras de sécurité, que je fais défiler jusqu'à celles du bureau de Max, avec le hall d'entrée dans le fond. Puis je tape sur la touche qui extrait ces images-là du défilement, pour que Gus et les autres ne les voient pas puisqu'elles n'apparaîtront que sur mon écran. L'ensemble des images filmées est toujours partagé entre les personnes présentes en salle de contrôle, de sorte que chacun observe quelque chose de différent. En principe, on n'a le droit d'en extraire que pendant quelques secondes, pour vérifier quelque chose de précis. Mais avec un peu de chance, ça ira vite. Je quitte la salle en direction des ascenseurs.

Les couloirs de la Flèche sont presque déserts. Ça va me simplifier les choses. Une fois au neuvième étage, je marche d'un pas sûr vers le bureau de Max. J'ai compris que quand on fouine, il vaut mieux éviter d'avoir l'air de fouiner. Je tapote la clé USB dans ma poche et je tourne à l'angle du couloir.

Je pousse la porte du pied – plus tôt dans la journée, une fois sûr que Max était parti lancer les préparatifs du jour des Visites, je suis passé discrètement mettre du ruban adhésif sur la serrure. Je referme la porte sans bruit et je gagne son bureau en me baissant, sans allumer la lumière. Je me dispense aussi de m'asseoir sur sa chaise, histoire d'éviter qu'il s'aperçoive qu'il a eu de la visite.

L'écran me réclame un mot de passe. J'ai la bouche sèche. Je sors le papier de ma poche et je le pose à plat sur le bureau. Je tape 084628.

L'écran réagit. Je n'arrive pas à croire que ça marche.

Vite. Si Gus s'aperçoit que j'ai disparu, que je suis dans le bureau de Max, je ne sais pas ce que je dirai, quelle excuse crédible je devrai inventer. J'insère la clé USB pour transférer sur l'ordinateur le programme que j'ai copié dessus. Sous prétexte de faire une blague à Zeke, j'ai demandé à Lauren – l'instructrice des novices natifs, qui travaille le reste du temps dans l'équipe technique – un logiciel qui bascule le contenu d'un ordinateur sur un autre. Elle ne s'est pas fait prier – une autre chose que j'ai apprise ici, c'est que les Audacieux sont toujours partants pour une blague, et qu'ils soupçonnent rarement les autres de mentir.

Quelques manipulations et le logiciel est installé, suffisamment enfoui dans l'ordinateur de Max pour qu'il n'ait aucune chance de tomber dessus. Je rempoche la clé USB avec le bout de papier sur lequel j'ai écrit le mot de passe, et je ressors en veillant à ne pas laisser de traces de doigts sur la porte vitrée.

Trop facile, me dis-je en retournant vers les ascenseurs. D'après ma montre, ça ne m'a pris que cinq minutes. Si on me pose des questions, je pourrai toujours dire que j'étais aux toilettes.

Mais quand j'entre dans la salle de contrôle, Gus est devant mon ordinateur, les yeux rivés sur l'écran.

Je me fige. Depuis combien de temps est-il là ? Est-ce qu'il m'a vu entrer dans le bureau de Max ?

— Quatre, me dit-il d'un ton sévère, pourquoi as-tu isolé ces images ? On n'est pas censés en extraire du défilement, tu le sais très bien.

— Je... (*Mens ! Maintenant !*) J'ai cru voir quelque chose, lâché-je, sans conviction. On a le droit, quand on repère quelque chose d'anormal, non ?

Il s'approche de moi.

— Et peux-tu m'expliquer pourquoi je viens de te voir sortir de ce même couloir ? me demande-t-il en me désignant le fameux couloir sur mon ordinateur.

Ma gorge se noue.

— J'ai cru voir un truc et je suis monté vérifier. Désolé, j'avoue que j'avais un peu besoin de me dégourdir les jambes.

Il m'observe en se mordillant la joue. Immobile, je soutiens son regard.

— Si jamais tu revois quelque chose d'anormal, respecte le protocole. Signale-le à ton superviseur, qui est... qui, déjà ?

— Vous, complété-je avec un petit soupir.

Je déteste qu'on me prenne de haut.

— Gagné. Tu vois, quand tu veux... Franchement, Quatre, depuis plus d'un an que tu travailles ici, il ne devrait plus y avoir autant d'irrégularités dans ton boulot. Nos règles sont très claires, il suffit de les suivre. C'est le dernier avertissement. OK ?

— OK.

Je me suis fait plusieurs fois remonter les bretelles après avoir sorti des séquences du défilement, pour suivre des rendez-vous de Max avec Jeanine Matthews, ou avec Eric. Je me suis fait prendre presque à chaque fois et ça ne m'a jamais fourni d'informations utiles.

— Bien, conclut-il d'un ton plus léger. Bonne chance avec les novices. Tu prends encore les transferts, cette année ?

— Ouais, c'est Lauren qui s'occupe des natifs.

— Dommage, me dit Gus, tu aurais eu ma petite sœur. À ta place, j'irais faire un truc pour me détendre. C'est tranquille, aujourd'hui, ici. Et n'oublie pas de remettre ces images dans le circuit avant de partir.

Il retourne à son ordinateur et je desserre les dents. Je ne m'étais même pas rendu compte que je crispais les mâchoires. Le bas du visage douloureux, j'éteins mon ordinateur et je sors. J'ai eu de la chance de m'en tirer.

Maintenant que j'ai installé ce logiciel sur l'ordinateur de Max, je peux consulter chacun de ses fichiers dans l'intimité relative de la salle de contrôle. Je peux enfin découvrir ce qu'il mijote avec Jeanine Matthews.

+++

Cette nuit-là, je rêve que je marche dans les couloirs de la Flèche, seul, et qu'ils n'en finissent pas. La vue des fenêtres est toujours la même : des rails de voie ferrée surélevés qui serpentent entre de hautes tours, sous un soleil voilé par les nuages. Il me semble que je marche pendant des heures, et quand je me réveille en sursaut, j'ai l'impression de ne pas avoir fermé l'œil de la nuit.

Puis j'entends frapper à la porte, et une voix qui crie : « Ouvrez ! »

Cette scène ressemble plus à un cauchemar que celui dont je viens de m'échapper – je suis sûr que ce sont des soldats Audacieux venus me chercher parce qu'on a découvert que j'étais Divergent, ou que j'épie Max. Choses qui disent, chacune à leur manière : « traître à sa faction ».

Des soldats Audacieux venus pour me tuer... Mais en allant ouvrir, je me rends compte que si c'était le cas, ils ne feraient pas autant de bruit. Et je reconnais la voix de Zeke.

— Zeke, dis-je en ouvrant. C'est quoi, le problème ? T'as vu l'heure ?

Il est hors d'haleine et de la sueur perle sur son front. Il a visiblement couru.

— J'étais de garde de nuit en salle de contrôle, me répond-il. Il s'est passé un truc dans le dortoir des transferts.

Je ne sais pas pourquoi, ma première pensée est pour *elle*, qui me fixe de ses grands yeux dans un recoin de ma tête.

— Il s'est passé quoi ?

— Je t'expliquerai en route.

J'enfile mes chaussures et ma veste et je le suis.

— C'est l'Érudit. Le blond, me dit Zeke.

Je réprime un soupir de soulagement. Ce n'est pas elle.

— Will ?

— Non, l'autre.

— Edward.

— C'est ça, Edward. Il s'est fait agresser. Au couteau.

— Il est mort ?

— Non, mais il a un œil crevé.

Je m'arrête.

— *Quoi ?*

Zeke confirme d'un signe de tête.

— Tu as prévenu qui ?

— Le superviseur de nuit. Il est allé informer Eric, qui a dit qu'il s'en occupait.

— Ben voyons.

Je vire sur la droite, à l'opposé du dortoir des transferts.

— Où tu vas ? s'étonne Zeke.

— Edward est déjà à l'infirmerie ? demandé-je en me retournant pour m'éloigner à reculons.

Zeke fait oui de la tête.

— Alors je vais voir Max.

+++

L'enceinte des Audacieux est assez compacte pour que je sache où vivent les gens. L'appartement de Max est enfoui dans les couloirs du premier niveau, près d'une porte de service qui donne directement dehors, sur la voie ferrée. Je m'y rends d'un pas décidé, en suivant la lueur bleue de l'éclairage de sécurité alimenté par le générateur solaire.

Je martèle la porte métallique à coups de poing, réveillant Max tout comme Zeke m'a réveillé. Au bout de quelques secondes, il ouvre brusquement la porte, pieds nus, les yeux hagards.

— Qu'est-ce qui se passe ?

— L'un de mes novices s'est fait poignarder.

— Et c'est ici que tu viens ? Personne n'a prévenu Eric ?

— Si. C'est de ça que je veux vous parler. Je peux entrer ?

Je lui passe sous le nez sans attendre sa réponse et j'entre dans son salon. Il allume la lumière, révélant le bazar le plus effrayant que j'aie jamais vu, des tasses et des assiettes sales qui traînent sur la table basse, les coussins du salon éparpillés dans tous les coins, le sol gris de poussière.

— Je veux que l'initiation redevienne ce qu'elle était avant qu'Eric n'en fasse une compétition, déclaré-je, et je ne veux plus le voir dans ma salle d'entraînement.

— Tu n'estimes pas sérieusement que c'est la faute d'Eric si un novice s'est fait attaquer ? me dit-il en croisant les bras. Ni être en position d'exiger quoi que ce soit ?

— Si, c'est de sa faute, bien sûr que c'est de sa faute ! répliqué-je, plus fort que je n'en avais l'intention. S'ils n'étaient pas tous en train de se battre pour un nombre de places limité, ils ne seraient pas désespérés au point de s'en prendre les uns aux autres ! À cran comme ils sont, pas étonnant qu'ils explosent à un moment ou à un autre !

Max garde le silence. Il a l'air irrité mais ne rejette pas d'office mon argument, ce qui est un début.

— Alors d'après toi, ce n'est pas l'agresseur qui devrait être considéré comme coupable ? Ce n'est pas sa faute à lui, ou à elle, plutôt que celle d'Eric ?

— Si, bien sûr qu'il ou elle est coupable. Mais ça ne se serait jamais produit si Eric...

— Tu ne peux pas en être sûr.

— Autant qu'on peut l'être quand on a un peu de bon sens.

— Parce que moi, je n'en ai pas ? gronde-t-il d'une voix sourde.

Ça me rappelle soudain que Max n'est pas juste le leader Audacieux qui m'apprécie, pour des raisons qui m'échappent, mais aussi le leader Audacieux qui collabore avec Jeanine Matthews, qui a nommé Eric et qui a sans doute un rapport avec la mort d'Amar.

— Ce n'est pas ce que je voulais dire, l'assuré-je en essayant de me calmer.

— Tu devrais prendre soin de t'exprimer avec plus de précision, me dit-il en s'approchant de moi. Ou quelqu'un pourrait finir par croire que tu te permets d'insulter tes supérieurs.

Je ne réponds pas. Il se rapproche encore.

— Ou que tu remets en cause les valeurs de ta faction.

Son œil injecté de sang se pose sur mon épaule, où les flammes des Audacieux dépassent de l'encolure de mon teeshirt. Je fais bien attention à cacher les symboles des cinq factions que je me suis fait tatouer, mais soudain, de manière totalement irrationnelle, je suis terrifié à l'idée qu'il puisse être au courant. Qu'il sache ce que ça implique : que je ne suis pas un Audacieux modèle, que je ne crois pas à la prédominance d'une vertu, que je suis un Divergent.

— On t'a donné une chance de faire partie des leaders, reprend Max. Tu aurais peut-être pu éviter ce malheureux événement si tu ne t'étais pas dégonflé comme un lâche. Mais tu t'es dégonflé ! Maintenant, c'est à toi d'en assumer les conséquences.

Son âge se lit sur son visage. Il a des rides qui n'étaient pas là l'an dernier et sa peau mate a pris une teinte grisâtre.

— Et si Eric est aussi impliqué dans l'initiation, c'est parce que tu refusais d'appliquer ses ordres l'année dernière.

C'est vrai. L'an dernier, dans la salle d'entraînement, je stoppais tous les combats avant que les blessures ne deviennent trop sérieuses, malgré l'ordre d'Eric stipulant qu'ils ne devaient cesser que quand l'un des adversaires n'était plus en état de continuer. Ça a failli me coûter mon poste d'instructeur. Je ne l'ai conservé que grâce à l'intervention de Max.

— Et je t'ai donné l'occasion de te rattraper, sous une supervision rapprochée, mais c'est encore un échec, conclut Max. Tu es allé trop loin.

J'ai transpiré en courant pour venir, et cette sueur est soudain glacée. Il fait un pas en arrière et rouvre la porte.

— Sors de chez moi et débrouille-toi avec tes novices. Tu n'as plus droit au moindre faux pas.

— Oui, monsieur, marmonné-je.

Et je repars.

+++

Le lendemain à l'aube, alors que le soleil levant envoie ses premiers rayons à travers le plafond de verre de la Fosse, je vais voir Edward à l'infirmerie. La tête bandée au niveau de l'œil, il n'a ni un geste ni une parole. Je reste assis près de lui sans rien dire, à regarder les minutes s'égrener sur l'horloge murale.

J'ai agi comme un imbécile. Je me suis cru invincible, convaincu que le désir de Max de me faire nommer leader ne faiblirait jamais, que fondamentalement, il me faisait confiance. J'ai manqué de lucidité. Max n'a jamais recherché autre chose qu'un pion ; ma mère m'avait prévenu.

Je ne peux pas être un pion. Mais je ne sais pas trop ce que je dois être à la place.

+++

Le décor planté par Tris Prior a une espèce de beauté sinistre, avec son soleil jaune tirant vers le vert et de l'herbe jaune qui s'étend à perte de vue.

C'est étrange d'assister à la simulation de peur de quelqu'un d'autre. Ça me met mal à l'aise de forcer quelqu'un à s'exposer en position de vulnérabilité, même quand c'est quelqu'un que je n'aime pas. Chaque être humain a droit à ses secrets. Observer les peurs de mes novices les unes après les autres me met à vif, comme si ma peau avait été passée au papier de verre.

Dans la simulation de Tris, pas un brin d'herbe ne bouge. On pourrait croire qu'il s'agit d'un rêve et non d'un cauchemar si l'air n'était pas aussi immobile – mais pour moi, cette fixité ne peut vouloir dire qu'une chose : le calme avant la tempête.

Une ombre remue sur l'herbe et un gros oiseau noir se pose sur son épaule en plantant ses serres dans son tee-shirt. J'ai des picotements dans les doigts en repensant à la main que j'ai posée sur cette épaule quand elle est entrée tout à l'heure, au geste que j'ai eu pour écarter ses cheveux de son cou avant de lui faire l'injection. Ridicule. Irréfléchi.

Elle frappe l'oiseau plusieurs fois et tout explose : le tonnerre gronde, le ciel s'assombrit, pas à cause de nuages mais d'une nuée de corbeaux qui s'abattent telle une avalanche, volant de concert comme les éléments d'un même esprit.

Le bruit de ses cris est le pire bruit au monde – elle appelle désespérément à l'aide, et je voudrais désespérément l'aider, même si je sais que la situation n'est pas réelle. Je le sais!

Les corbeaux continuent d'affluer, ils l'encerclent et l'enterrent vivante sous leurs plumes. Elle hurle à l'aide et je ne peux pas l'aider et je ne veux plus regarder ça, je ne veux pas regarder une seconde de plus.

Soudain, elle cesse de se débattre, s'allonge dans l'herbe, se détend. Si elle a mal, elle ne le montre pas, elle se laisse aller en fermant les yeux, et quelque part, c'est encore pire que ses cris.

Puis c'est fini.

Elle se projette en avant dans le fauteuil métallique, se frappe partout pour chasser les oiseaux fantômes. Puis elle se roule en boule et se cache le visage.

Je tends la main pour la poser sur son épaule, la rassurer, et elle me frappe avec violence.

— Ne me touche pas.

— C'est fini, dis-je avec une grimace de douleur.

Elle n'a pas dû se rendre compte de sa force.

Je lui caresse les cheveux, parce que je suis stupide, et lourd, et stupide...

— Tris.

Elle se contente de se bercer d'avant en arrière.

— Tris, je vais te ramener au dortoir, OK?

— Non! Je ne veux pas qu'ils me voient... Pas comme ça...

Voilà ce que crée le nouveau système d'Eric: une fille courageuse vient de surmonter l'une de ses pires peurs en moins de cinq minutes, une épreuve qui exige en moyenne plus du double de temps, et elle est terrifiée à l'idée de sortir dans les couloirs et de dévoiler une once de faiblesse ou de vulnérabilité. Tris est une Audacieuse pure et dure, dans cette faction qui, elle, ne l'est plus vraiment.

— Oh, on se calme... dis-je avec plus d'impatience que je n'en ressens. Je te fais passer par la porte de derrière, ça te va ?

— Je n'ai pas besoin que tu...

Ses mains tremblent alors même qu'elle repousse mon offre avec un haussement d'épaules.

— Ne sois pas ridicule.

Je lui prends le bras pour l'aider à se lever. Elle s'essuie les yeux tandis que je l'entraîne vers la porte du fond. Un jour, c'est Amar qui m'a fait passer par cette porte pour me raccompagner au dortoir contre mon gré, comme c'est sans doute le cas de Tris aujourd'hui. Comment peut-on vivre deux fois la même scène, dans deux positions différentes ?

Dans le couloir, elle retire vivement son bras et me regarde droit dans les yeux.

— Pourquoi tu m'as fait ça ? À quoi ça t'avance ? On ne m'avait pas prévenue qu'en choisissant les Audacieux, je signais pour des semaines de torture !

Si elle était n'importe quel autre de mes novices, je l'aurais déjà remise à sa place une bonne dizaine de fois pour insubordination. Je me serais senti menacé par ses attaques permanentes sur ma personnalité, et j'aurais essayé de mater brutalement ses révoltes, comme avec Christina le premier jour de l'initiation. Mais Tris a gagné mon respect en sautant la première dans le filet, en me défiant dès son premier repas ici, en ne se laissant pas démonter par la sécheresse de mes réponses aux questions, en prenant la défense d'Al et en me fixant dans les yeux alors que je lançais des couteaux sur elle. Elle n'est pas ma subordonnée, en rien.

— Tu croyais que surmonter la lâcheté, ce serait facile ? demandé-je.

— Ce n'est pas ça, surmonter sa lâcheté ! La lâcheté, ça concerne les choix qu'on fait dans la vraie vie, et dans la vraie vie, je ne me fais pas bouffer par des corbeaux !

Elle se remet à pleurer, mais je suis trop frappé par ses paroles pour être gêné par ses larmes. Elle n'apprend pas les leçons qu'Eric veut lui enseigner, mais d'autres, plus sages.

— Je veux rentrer chez moi.

Je sais où sont situées les caméras dans ce couloir, et j'espère qu'aucune n'a enregistré ce qu'elle vient de dire.

— Être en mesure de penser quand on est terrifié, dis-je, c'est une leçon que tout le monde doit apprendre, même ta famille de Pète-sec.

Je nourris des doutes sur de nombreux aspects de l'initiation des Audacieux, mais pas sur les simulations ; c'est le moyen le plus efficace d'affronter les siennes et de les surmonter, bien plus que le lancer de couteau ou les combats.

— C'est ça qu'on tente de t'inculquer. Si tu n'y arrives pas, tu ne pourras pas rester ici, parce que personne ne voudra de toi.

Je ne prends pas de gants, parce que je sais qu'elle peut encaisser. Et aussi parce que je ne sais pas faire autrement.

— *J'essaie !* Mais je n'ai pas pu. Je ne peux pas.

J'ai presque envie de rire.

— Combien de temps crois-tu que tu as passé dans cette hallucination, Tris ?

— Je ne sais pas. Une demi-heure ?

— Trois minutes. Tu as mis trois fois moins de temps que les autres novices. C'est tout sauf nul.

« Tu pourrais bien être une Divergente », pensé-je. Mais comme elle n'a rien fait pour modifier la simulation, je n'ai pas de certitude. Sans doute est-elle simplement extrêmement courageuse.

Je lui souris.

— Tu verras, demain, tu seras meilleure.

— Demain ?

Elle s'est un peu calmée. Je pose une main dans son dos, juste sous l'épaule, et on se remet en marche.

— C'était quoi, ta première hallucination ? me demande-t-elle.

— Ça n'était pas « quoi », mais « qui ».

Avant d'avoir achevé ma phrase, je songe que j'aurais pu lui indiquer mon premier obstacle dans mon paysage des peurs, le vertige, même si ça ne répond pas exactement à sa question. Mais avec elle, je n'arrive pas à contrôler ce que je dis comme avec les autres. À défaut de savoir me taire, je termine sur une banalité, l'esprit embrouillé par le contact de son dos :

— Ça n'a pas d'importance.

— Et tu as surmonté cette peur-là ?

— Toujours pas.

On est arrivés devant le dortoir. Le chemin ne m'a jamais paru aussi rapide. Je fourre les mains dans mes poches pour m'empêcher de refaire je ne sais quel truc idiot avec.

— Alors, elles ne s'en vont pas ?

— Quelquefois, si. Et quelquefois, elles sont remplacées par d'autres. Mais le but n'est pas de se débarrasser de toutes ses peurs. C'est une illusion. Le but est de les contrôler, d'apprendre à ne plus les subir. C'est ça qui est important.

Elle hoche la tête. Je ne sais pas ce qui l'a poussée à choisir les Audacieux, mais si je devais deviner, je dirais que c'est la liberté. Les Altruistes auraient étouffé cette étincelle qu'il y a en elle jusqu'à l'éteindre. Les Audacieux, avec tous leurs défauts, l'ont attisée et changée en flamme.

— Cela dit, ajouté-je, nos vraies peurs sont rarement telles qu'elles apparaissent dans les simulations.

— Comment ça ?

— Tu as vraiment la trouille des corbeaux ? Quand tu en vois un, tu te sauves en hurlant ?

— Non. Tu as raison.

Elle s'approche de moi. J'étais plus tranquille quand il y avait davantage d'espace entre nous. Encore un peu plus près et je ne pense qu'à la toucher. J'ai la bouche sèche. Il ne m'arrive quasiment jamais de penser aux gens, aux filles plus exactement, sous cet angle-là.

— Alors de quoi j'ai peur, en vrai ? demande-t-elle.

— Je ne sais pas. Il n'y a que toi qui puisses le découvrir.

— Je n'imaginais pas que ce serait si difficile de devenir une Audacieuse.

Je me réjouis qu'elle me fournisse un nouveau sujet ; ça me distraira de l'idée qu'il serait si facile de caler ma main au creux de ses reins.

— Il paraît que ça n'a pas toujours été comme ça. Je veux dire, d'être un Audacieux.

— Qu'est-ce qui a changé ?

— Les leaders. Les normes du comportement chez les Audacieux sont établies par ceux qui contrôlent la formation. Il y a six ans, Max et les autres leaders ont modifié les méthodes pour les rendre plus compétitives, plus brutales.

Avant, les combats n'occupaient qu'une part négligeable de l'entraînement, et il n'était pas question de se battre à mains nues. Les novices portaient des protections rembourrées.

L'accent était mis sur la force physique et la technique, et sur l'esprit de fraternité entre novices. Plus récemment, quand j'étais novice, ça se passait toujours mieux qu'aujourd'hui ; pas d'éliminatoires, tous les novices avaient leur place à la fin de l'initiation, et les combats cessaient sur simple demande de l'un des adversaires.

— L'objectif était soi-disant de mettre à l'épreuve la force des gens. Et ça a changé l'ensemble des priorités des Audacieux. Devine qui est le nouveau protégé des leaders.

Elle devine tout de suite, bien sûr.

— Eric est arrivé à quelle place dans le classement ?

— Deuxième.

— Donc il n'aurait pas dû être désigné leader. Il n'était qu'un deuxième choix. C'est toi qui aurais dû l'être.

Maligne. Je ne sais pas si j'étais vraiment le choix initial, mais j'aurais clairement fait un meilleur leader qu'Eric.

— Qu'est-ce qui te fait penser ça ?

— Son attitude le premier soir au dîner. Il se comportait comme quelqu'un de jaloux, alors même qu'il a eu ce qu'il voulait.

Je n'avais jamais envisagé les choses sous cet angle. Eric, jaloux ? De quoi ? Je ne lui ai jamais rien pris, je n'ai jamais représenté une vraie menace pour lui. C'est lui qui nous a remplacés, Amar et moi. Mais peut-être qu'elle a raison, que je n'ai pas mesuré sa frustration d'arriver deuxième derrière un Pète-sec, après tout le mal qu'il s'était donné, ou du fait que Max me privilégie pour un poste pour lequel il était tout désigné.

Tris s'essuie le visage.

— Ça se voit que j'ai pleuré ?

La question me paraît presque drôle. Ses larmes ont disparu

quasiment aussi vite qu'elles étaient venues et elle a retrouvé son teint clair, ses yeux limpides et ses cheveux lisses. Comme si rien ne s'était passé – comme si elle ne venait pas de passer trois minutes submergée par la terreur. Elle est plus forte que je l'étais.

— Voyons...

Je me penche vers elle pour l'examiner, comme pour plaisanter, sauf que je ne plaisante pas et que je me tiens tout près d'elle, respirant le même air qu'elle.

— Non, Tris. Tu as l'air... (j'emprunte une expression d'Audacieux) d'une dure à cuire.

Elle a un petit sourire, et moi aussi.

+++

— Salut, me fait Zeke d'un ton endormi, la tête appuyée sur son poing. Tu me remplaces ? Il me faudrait de la glu pour garder les yeux ouverts.

— Désolé, mais j'ai juste besoin d'un ordinateur. T'es au courant qu'il n'est que vingt et une heures, j'imagine ?

Il bâille.

— Ça me fait cet effet-là quand je m'ennuie comme un rat mort. Bonne nouvelle, j'ai bientôt fini.

J'adore l'ambiance de la salle de contrôle la nuit. Il n'y a que trois contrôleurs, et le seul bruit est le ronronnement des ordinateurs. Je ne vois qu'un mince croissant de lune par la fenêtre, tout le reste est plongé dans le noir. Ce n'est pas évident de trouver un coin tranquille dans l'enceinte des Audacieux, et c'est dans la salle de contrôle que j'y parviens le plus souvent.

Zeke se retourne vers son écran. Je m'assois quelques places plus loin et je tourne un peu l'écran vers moi. J'ouvre une session, en me servant du faux nom d'utilisateur que j'utilise depuis plusieurs mois pour que personne ne puisse remonter jusqu'à moi.

Une fois connecté, j'ouvre le programme qui me permet de consulter les fichiers de Max à distance. Il met une seconde à s'activer, puis c'est comme si j'étais assis à son bureau.

Je travaille vite, méthodiquement. Comme il nomme ses fichiers avec des nombres, je dois les ouvrir tous, faute de pouvoir déduire ce qu'ils contiennent. La plupart sont anecdotiques, des listes d'Audacieux et des calendriers d'événements. Je les referme aussitôt.

Je m'enfonce dans les dossiers, fichier par fichier, et je finis par tomber sur quelque chose de bizarre. Une liste de fournitures, mais qui ne concerne ni la nourriture, ni l'habillement, ni rien en rapport avec le quotidien des Audacieux. Il s'agit d'armes. De seringues. Et d'un mystérieux « sérum D2 ».

Je ne peux imaginer qu'une chose qui nécessite que les Audacieux s'équipent d'autant d'armes : une attaque. Mais contre qui ?

Les tempes battantes, je balaie la pièce du regard. Zeke joue à un petit jeu vidéo qu'il a conçu lui-même. Le deuxième opérateur est affalé sur le côté, les yeux mi-clos. Le troisième tourne distraitement sa paille dans son verre en regardant par la fenêtre. Personne ne s'occupe de moi.

J'ouvre les fichiers suivants. Après quelques essais infructueux, je tombe sur une carte. Les seules indications qu'elle porte étant des chiffres et des lettres, je ne comprends pas tout de suite ce qu'elle représente.

J'ouvre une carte de la ville tirée de la base de données pour comparer les deux, et je me laisse aller en arrière contre mon dossier en découvrant sur quelles rues est centrée la carte de Max.

Le secteur des Altruistes.

L'attaque sera dirigée contre les Altruistes.

+++

Bien sûr. C'est une évidence. Qui d'autre Max et Jeanine prendraient-ils la peine d'attaquer ? C'est aux Altruistes qu'ils en veulent, et ce n'est pas nouveau. J'aurais dû le comprendre quand les Érudits ont rendu publique l'histoire sur mon père, mari et père dénaturé. La seule chose vraie qu'ils aient écrite, à ma connaissance.

Zeke me tapote la jambe du bout du pied.

— J'ai fini. On va se coucher ?

— Non, dis-je. J'ai besoin d'un verre.

Ça le réveille. Ce n'est pas tous les soirs que je décide d'abandonner ma vie d'ermite pour me laisser aller aux vices des Audacieux.

— Je suis ton homme ! s'exclame-t-il.

Je ferme le programme, mon compte, tout. J'essaie de laisser l'information sur l'attaque derrière moi avec le reste, le temps de trouver quoi en faire, mais elle me poursuit dans l'ascenseur et tout le long du chemin jusqu'au bas de la Fosse.

+++

J'émerge de la simulation avec un poids sur l'estomac. J'enlève les électrodes collées sur mon front et je me lève. Haletante, les mains tremblantes, elle se débat encore avec la sensation qu'elle va se noyer. Je l'observe un moment en cherchant mes mots.

— Quoi ? me demande-t-elle.

— Comment as-tu fait ça ?

— Quoi ?

— Briser le verre ?

— J'en sais rien.

Je lui tends la main en hochant la tête. Elle se lève sans difficulté, mais en fuyant mon regard. Il y a une caméra juste en face de nous dans la salle. Une main autour de son coude, je l'entraîne dehors, dans un angle mort où je sais qu'on ne risquera pas d'être observés.

— Qu'est-ce qu'il y a ? s'énerve-t-elle.

— Tu es une Divergente.

Je n'ai pas été très sympa avec elle aujourd'hui. Hier soir, je l'ai croisée avec ses amis près du gouffre, et sous l'effet d'un coup de folie passager – ou de l'alcool –, je me suis penché trop près pour lui dire qu'elle était jolie. J'ai peur d'être allé un peu loin. Et je suis encore plus inquiet maintenant, mais pour d'autres raisons.

Elle a brisé le verre. C'est une Divergente. Elle est en danger.

Elle me dévisage.

Puis elle s'adosse au mur, dans une pose nonchalante presque crédible.

— C'est quoi, un Divergent ?

— Ne fais pas l'idiote. J'ai déjà eu des doutes la dernière fois, mais là, c'est clair. Tu as manipulé la simulation ; tu es une Divergente. Je vais effacer l'enregistrement, mais si tu ne tiens pas à finir au fond du gouffre, tu as intérêt à le cacher pendant les exercices. Maintenant, si tu veux bien m'excuser...

Je retourne dans la salle de simulation en refermant la porte derrière moi. En un clin d'œil, j'ai effacé les images – il suffit d'appuyer sur quelques touches et hop, tout est propre. Je vérifie son dossier pour m'assurer qu'il ne reste que les données de la première simulation. Il ne me reste plus qu'à expliquer où sont passées celles de cette session-ci. À trouver un mensonge plausible pour Max et Eric.

En vitesse, je sors mon canif et je l'insère entre les panneaux qui recouvrent la carte mère pour les écarter. Puis je vais à la fontaine à eau et je me remplis la bouche.

De retour dans la salle, je recrache doucement un peu d'eau dans l'interstice entre les panneaux, je reprends mon canif et j'attends.

Une minute plus tard, l'écran s'assombrit. Le siège des Audacieux est une grotte humide – c'est dingue, ça fuit de partout, ici.

+++

J'étais à bout de ressources.

J'ai contacté ma mère par le biais du sans-faction qui m'a déjà servi de messager la dernière fois. Je lui ai donné rendez-vous dans le dernier wagon du train qui passe à vingt-deux heures quinze devant le siège des Audacieux. Je suppose qu'elle saura me trouver.

Assis dos à la paroi du wagon, je regarde défiler la ville. Les trains de nuit sont plus lents que ceux de jour ; on voit mieux la façon dont l'architecture se modifie à mesure qu'on approche du centre-ville, où les immeubles deviennent plus hauts, plus étroits, où les tours de verre se mêlent aux bâtisses en pierre plus petites et plus anciennes. Comme si plusieurs villes s'étaient superposées, couche après couche.

Quand le train atteint les quartiers nord, je vois quelqu'un courir le long du quai. Je me lève en me tenant à la poignée et Evelyn déboule dans le wagon, vêtue d'une veste d'Audacieuse, d'une robe d'Érudite et de bottes de Fraternelle. Ses cheveux attachés accentuent encore la sévérité de son visage.

— Salut, me dit-elle.

— Salut.

— Chaque fois que je te vois, tu es plus grand que la fois d'avant. Je suppose que ça ne sert à rien de te demander si tu manges correctement.

— Je pourrais te poser la même question, répliqué-je, mais pour d'autres raisons.

Je sais qu'elle ne se nourrit pas bien. C'est une sans-faction, et les Altruistes, soumis à la pression des Érudits, ne leur apportent plus le même soutien que d'habitude.

Je lui tends mon sac à dos, bourré de boîtes de conserve que je suis allé piocher dans nos réserves.

— C'est juste de la soupe et des légumes, mais c'est mieux que rien, précisé-je.

— Qui a dit que j'avais besoin de ton aide ? me demande prudemment Evelyn. Je me débrouille très bien toute seule, figure-toi.

— C'est pas pour toi, c'est pour tes gringalets d'amis. À ta place, je ne refuserais pas de la nourriture.

— Je ne la refuse pas, dit-elle en prenant le sac. Je n'ai pas l'habitude que tu te soucies de moi, c'est tout. C'est un peu déroutant.

— Je connais ça, rétorqué-je froidement. Tu as mis combien

de temps avant de te demander ce que je devenais ? Sept ans, c'est ça ?

Elle soupire.

— Si tu m'as demandé de venir pour repartir là-dessus, je crois que je ne vais pas m'attarder.

— Non, ce n'est pas pour ça.

En fait, je n'avais aucune intention de la contacter, mais je savais que je ne pouvais pas parler à un Audacieux du projet d'attaque contre les Altruistes – je ne mesure pas bien leur degré de loyauté envers leur faction et sa politique. Pourtant, il fallait que je le dise à quelqu'un. La dernière fois que j'ai parlé à Evelyn, elle semblait être au courant de choses que j'ignorais. Je me suis dit qu'elle saurait peut-être comment m'aider, avant qu'il ne soit trop tard.

Ça comporte un risque, mais je ne vois pas quoi faire d'autre.

— J'ai gardé un œil sur les faits et gestes de Max, ces derniers temps, dis-je. Tu m'avais dit que les Érudits étaient en relation avec les Audacieux, et tu avais raison. Ils trafiquent quelque chose. Max et Jeanine, et je ne sais qui d'autre.

Je lui explique ce que j'ai trouvé dans l'ordinateur de Max. Je lui raconte ce que j'ai observé, le comportement des Érudits vis-à-vis des Altruistes, les rapports écrits qu'ils font sur eux, la façon dont ils empoisonnent le cerveau des Audacieux contre notre ancienne faction.

Quand j'ai terminé, elle ne manifeste aucune surprise, ni même de l'inquiétude. Je ne sais pas comment interpréter son expression. Après un silence, elle me demande :

— Tu sais quand ça aura lieu ?

— Non.

— Tu as des chiffres ? Sur le nombre de personnes qu'ils

comptent envoyer, par exemple ? Tu sais où ils pensent les recruter ?

— Non, aucune idée, avoué-je, un peu irrité. Et à vrai dire, je m'en fiche. Quel que soit le nombre de recrues, les Altruistes se feront écraser en quelques secondes. Ils sont totalement incapables de se défendre. Même s'ils le pouvaient, ils n'essaieraient même pas, en plus.

— Je savais que quelque chose se préparait, dit Evelyn, le front plissé. Les lumières restent allumées en permanence au siège des Érudits, maintenant. Ça montre qu'ils ne craignent plus de s'attirer des ennuis auprès des chefs du conseil... et qu'ils sont de plus en plus dans la contestation.

— Bon, comment on les prévient ?

— Qui ça ?

— Les Altruistes ! m'emporté-je. Comment on prévient les Altruistes qu'ils vont se faire tuer, et les Audacieux que leurs leaders conspirent contre le conseil, et les...

Je m'interromps. Evelyn reste immobile, les bras le long du corps, le visage neutre. « Notre ville change, Tobias. » Voilà ce qu'elle m'a dit la première fois qu'on s'est revus. « D'ici peu, tout le monde devra choisir son camp. »

— Tu le savais, articulé-je lentement, en m'efforçant de digérer la vérité. Tu savais qu'ils projetaient quelque chose de ce genre, et depuis un moment. Tu l'attendais. Tu l'espérais.

— Je n'ai aucune affection pour les Altruistes. Je ne tiens pas à ce qu'ils continuent à contrôler cette ville et ceux qui y vivent. Ni eux, ni aucune autre faction. Si quelqu'un se propose d'éliminer mes ennemis, ce n'est pas moi qui vais l'en empêcher.

— Je n'arrive pas à y croire. Ils ne sont pas tous comme Marcus, Evelyn ! Ils sont *sans défense* !

— Si tu les crois si innocents, c'est que tu ne les connais pas, réplique-t-elle. Moi, je les connais. J'ai vu leur vrai visage.

Elle a parlé d'une voix basse, gutturale.

— Comment crois-tu que ton père a pu te mentir toutes ces années ? Et les autres Altruistes, ils ne l'ont pas aidé ? Ils n'ont pas entretenu ce mensonge ? Ils *savaient* que je n'étais pas enceinte, que le médecin n'avait pas été appelé, qu'il n'y avait pas de *corps*. Est-ce que ça les a empêchés de te dire que j'étais morte ?

Je n'y avais jamais réfléchi. Il n'y avait pas de corps. Et pourtant, tous ces gens assis chez mon père ce matin-là, et le lendemain soir à l'enterrement, ont joué le jeu pour moi et pour le reste de la communauté, affirmant par leur silence : « Personne ne partirait de chez nous de son plein gré. Qui ferait une chose pareille ? »

Je ne devrais pas être aussi surpris de découvrir qu'une faction peut être pleine de menteurs. Il faut croire que par certains côtés, j'ai gardé ma naïveté d'enfant.

Mais là, elle vole en éclats.

— Réfléchis, poursuit Evelyn. As-tu vraiment envie d'aider des gens capables de dire à un enfant que sa mère est morte rien que pour sauver la face ? Ou préférerais-tu qu'ils perdent leur pouvoir ?

Ces innocents Altruistes, toujours dévoués, toujours à hocher poliment la tête, je pensais qu'il fallait les sauver.

Mais ces menteurs, qui m'ont plongé dans la peine, qui m'ont abandonné aux mains d'un homme qui me faisait du mal, doivent-ils l'être ?

Je n'arrive pas à la regarder dans les yeux. Je profite qu'un train passe le long du quai pour y sauter sans me retourner.

+++

— Ne le prends pas mal, mais tu as vraiment une sale tête, aujourd'hui.

Shauna pose son plateau sur la table et s'affale sur une chaise à côté de moi. J'ai la sensation que la conversation d'hier avec ma mère a provoqué une sorte d'explosion assourdissante, et depuis, tous les autres bruits sont étouffés. J'ai toujours su que mon père était cruel. Mais j'ai toujours cru à l'innocence des autres Altruistes ; au fond, je me suis toujours jugé faible d'être parti, un peu comme si j'avais trahi mes propres valeurs.

Maintenant, on dirait que quoi que je décide, je trahirai quelqu'un. Si je préviens les Altruistes, je trahis les Audacieux. Si je ne les préviens pas, je trahis mon ancienne faction, pour la deuxième fois, et bien plus gravement que la première. Je vais être obligé de prendre une décision et ça me rend malade.

J'ai affronté la journée d'aujourd'hui de la seule manière que je connaisse : je me suis levé et je suis allé travailler. J'ai affiché les classements – qui ont été une source de conflit, Eric privilégiant la régularité et moi, les progrès. Je suis venu à la cafétéria. J'ai accompli tous les gestes du quotidien par pur automatisme musculaire.

— Alors, tu manges ou pas ? me demande Shauna en montrant mon assiette pleine.

Je hausse les épaules.

— Chais pas.

Voyant qu'elle va me demander ce qui ne va pas, je change de sujet :

— Et pour Lynn, comment ça se passe ?

— Tu es mieux placé que moi pour le savoir. C'est toi qui vois ses peurs et tout ça.

Je me décide à manger, en silence.

— Quel effet ça fait ? me demande-t-elle prudemment en haussant un sourcil. De voir les peurs des autres, je veux dire.

— Tu sais que je n'ai pas le droit d'en parler.

— C'est une règle des Audacieux ou une règle à toi ?

— Qu'est-ce que ça change ?

Elle soupire.

— C'est juste que par moments, j'ai l'impression de ne pas connaître ma sœur.

On termine notre repas en silence. C'est ce que j'aime le plus chez Shauna : elle n'éprouve pas le besoin de remplir les vides. Alors qu'on sort de la cafétéria, Zeke nous hèle depuis l'autre bout de la Fosse :

— Hé ! Ça vous dit d'aller cogner sur un truc ?

Il fait tournoyer un rouleau de bandage autour de son index.

— Oui ! répond-on en chœur.

On prend la direction de la salle d'entraînement, et Shauna en profite pour lui faire un rapport sur sa semaine à la Clôture :

— Avant-hier, le crétin qui patrouillait avec moi a pété un câble et s'est mis à tirer dans tous les sens. Il était sûr d'avoir vu un truc. Au final, c'était un foutu sac en plastique !

Zeke a glissé son bras autour des épaules de Shauna, et je tâche de me tenir à l'écart pour ne pas les déranger.

Quand on approche de la salle, il me semble entendre des voix à l'intérieur. Perplexe, je pousse la porte du bout du pied au moment où retentit un coup de feu, et je tombe sur Lynn, Uriah, Marlene... et Tris. Cette collision entre deux univers me prend un peu de court.

— Il me semblait bien avoir entendu du bruit ici, dis-je.

Uriah vient de tirer sur une cible avec l'un des pistolets à balles en plastique avec lesquels les Audacieux aiment bien s'amuser – comme je sais qu'il n'en a pas, je suppose que c'est celui de Zeke. Marlene m'accueille avec un grand sourire et un signe de la main, tout en mâchouillant quelque chose.

— Surprise, c'est mon crétin de frère, dit Zeke. Hé les novices, vous n'avez pas le droit de venir ici tout seuls. Faites gaffe, si Quatre va le dire à Eric, vous êtes morts.

Uriah remise l'arme dans sa ceinture sans remettre le cran de sécurité. Il a des chances de se retrouver avec un hématome sur la fesse quand la balle en caoutchouc filera dans son pantalon. J'omets volontairement de le lui signaler.

Je leur tiens la porte. Au moment de sortir, Lynn s'arrête :

— Dis, tu ne vas pas nous balancer à Eric ?

— Non, soupiré-je, je ne vais pas vous balancer.

Alors que Tris passe devant moi, ma main trouve sa place spontanément au creux de son dos, entre ses omoplates. Je ne pourrais même pas dire si je l'ai fait exprès. Et au fond, je m'en fiche.

Les autres s'éloignent dans le couloir et notre projet de séance en salle d'entraînement est oublié, tandis que Zeke se met à se chamailler avec Uriah et que Shauna et Marlene se partagent le reste d'une brioche.

— Attends une minute, dis-je à Tris.

Elle se tourne vers moi d'un air inquiet et j'essaie de la rassurer par un sourire – même si j'ai un peu de mal à sourire aujourd'hui.

J'ai senti une certaine tension dans la salle d'entraînement, en affichant le classement. Il ne m'est pas venu à l'esprit une seconde, en faisant les comptes, que je pourrais la sous-noter pour la protéger. La mettre plus bas dans la liste aurait été faire injure à ses compétences en simulation ; mais elle aurait peut-être préféré cela au fossé qui se creuse entre elle et les autres transferts.

Au fond, je sais que non, malgré sa pâleur et son air épuisé, ses ongles rongés et son regard hésitant. Jamais cette fille ne souhaiterait se fondre tranquillement dans la masse ; jamais.

— Tu as ta place ici, tu le sais, ça, lui dis-je. Tu as ta place chez nous. Ce sera bientôt fini. Alors accroche-toi, OK ?

J'ai un coup de chaud dans la nuque, tout à coup, et je me mets à me gratter nerveusement, incapable de croiser son regard, bien que je le *sente* sur moi tandis que le silence se prolonge.

Soudain, elle me prend la main et je la fixe, surpris. Je glisse mes doigts entre les siens et je serre sa main, doucement. Malgré ma fatigue et mon émoi, je réalise que si je l'ai déjà touchée une demi-douzaine de fois – à chaque fois dans un élan irréfléchi – c'est la toute première fois que ça vient d'elle.

Au bout d'un long moment, elle retire sa main et part en courant rejoindre les autres.

Et je reste dans le couloir, à sourire tout seul comme un imbécile.

+++

Pendant presque une heure, j'essaie de trouver le sommeil en me retournant sous mes couvertures à la recherche de la bonne position. Mais on dirait que mon matelas a été remplacé par un sac de cailloux. Ou bien c'est ma tête qui bouillonne trop pour que je m'endorme.

Je finis par renoncer. Je m'habille et je prends la direction de la Fosse, comme toujours quand j'ai une insomnie. J'envisage un instant de repasser dans mon paysage des peurs, mais j'ai oublié de renouveler mon stock de sérum dans l'après-midi et ce serait compliqué d'en obtenir à cette heure-ci. Alors je me rends à la salle de contrôle, où Gus me salue par un grognement. Les deux autres membres de l'équipe présents ne s'aperçoivent même pas de mon arrivée. Je n'essaie pas de rouvrir les fichiers de Max – je sais déjà que quelque chose de grave se prépare et que je ne suis pas fichu de décider si je vais tenter de l'empêcher ; je ne vois pas ce que j'en tirerais de plus.

J'ai besoin de quelqu'un avec qui partager ça, qui me dise quoi faire. Mais je ne trouve personne à qui confier un sujet pareil parmi mes amis. Ils sont nés et ont été élevés chez les Audacieux ; qu'est-ce qui me dit qu'ils ne feraient pas confiance d'office à leurs chefs ? Je n'ai aucune garantie.

Allez savoir pourquoi, le visage de Tris m'apparaît, à la fois ouvert et grave, tandis qu'elle presse ma main dans le couloir.

Je fais défiler sur mon écran les images des rues de la ville avant de revenir à celles de l'enceinte. La plupart des couloirs sont si sombres que je n'y verrais rien de toute façon. Dans mon casque, je n'entends que le grondement de l'eau dans le gouffre et le sifflement du vent dans les allées. Le menton calé dans une main, je soupire en regardant passer les images les unes après les autres, et je finis par m'assoupir.

— Va te coucher, Quatre, me dit Gus à l'autre bout de la salle.

Je me réveille en sursaut et j'acquiesce. Si ce n'est pas pour observer les images, ça ne sert à rien de rester ici. Je me déconnecte et je prends le couloir vers les ascenseurs en clignant des paupières pour me réveiller.

En traversant l'entrée, j'entends un cri venant d'en bas de la Fosse. Ce n'est pas le cri d'un Audacieux enjoué, ni de quelqu'un qui se délecterait d'un frisson de peur, mais bien le ton, l'accent immanquables d'un cri de terreur.

Je cours jusqu'en bas de la Fosse en dispersant des graviers sous mes semelles, le souffle lourd, rapide, mais stable.

Trois hautes silhouettes vêtues de sombre se tiennent en bas près de la rambarde au-dessus du gouffre, encerclant quelqu'un de plus petit. Même si je ne distingue pas grand-chose, je sais reconnaître une bagarre quand j'en vois une. Ou ce qui pourrait s'appeler ainsi s'ils n'étaient pas à trois contre un.

L'un des agresseurs fait volte-face, me repère et détale. En m'approchant, je m'aperçois que l'un des deux autres soulève sa victime par la gorge au-dessus de la rambarde et je crie :

— Hé !

Je vois une masse de cheveux blonds, et je ne vois plus rien d'autre. Je percute l'un des assaillants – Drew, que je reconnais parce qu'il est roux – et je le pousse violemment contre la rambarde. Je le frappe, une, deux, trois fois au visage, il s'effondre et je continue à coups de pied, incapable de penser.

— Quatre.

Elle a parlé d'une voix basse, rauque, et c'est la seule chose qui avait une chance de m'atteindre. Elle est suspendue par les mains à la rambarde, au-dessus du gouffre, comme un appât au bout d'un hameçon. L'autre, le dernier agresseur, a filé.

Je cours vers elle, je l'attrape sous les aisselles et je la hisse par-dessus la rambarde. Je la tiens contre moi et elle presse son visage sur mon épaule, agrippée à mon tee-shirt.

J'entends Drew geindre, toujours recroquevillé par terre, tandis que je pars en la portant dans mes bras – pas à l'infirmerie, où ceux qui s'en sont pris à elle viendraient la chercher en premier, mais chez moi, dans ma petite allée retirée. J'ouvre ma porte d'un coup d'épaule et je la dépose sur mon lit. Je passe la main doucement sur son nez et ses pommettes pour vérifier qu'elle n'a rien de cassé, je lui prends le pouls et je me penche pour écouter sa respiration. Les deux semblent calmes, réguliers. Même la grosse bosse éraflée qu'elle a derrière la tête semble bénigne. Elle n'a rien de grave. Mais elle aurait pu.

Je recule, les mains tremblantes. *Elle* n'a rien de grave, mais Drew, peut-être que si. Je ne sais même pas combien de fois je l'ai frappé avant qu'elle ne me sorte de ma transe en prononçant mon nom. Le reste de mon corps se met à trembler aussi, et après avoir calé mon oreiller sous sa tête, je repars à la Fosse. En chemin, j'essaie de me repasser ces minutes, de me rappeler où et avec quelle force j'ai frappé, mais tout s'est dissous dans mon accès de rage aveugle.

« Je me demande si ça lui faisait le même effet, à lui », songé-je en revoyant le regard fou de Marcus chaque fois qu'il perdait le contrôle.

Quand j'arrive à la rambarde, Drew y est toujours, replié sur lui-même dans une drôle de position fœtale. Je le soulève en passant l'un de ses bras autour de mes épaules et je le traîne jusqu'à l'infirmerie.

+++

En regagnant mon appartement, je file directement à la salle de bains pour laver mes mains pleines de sang – je me suis écorché les articulations en frappant. Avec Drew, il y avait forcément Peter. Mais qui était le troisième ? Pas Molly ; c'était quelqu'un de plus grand, de plus costaud. En fait, il n'y a qu'un novice de cette taille.

Al.

Je m'examine dans le miroir, comme si des petits bouts de Marcus allaient m'y renvoyer mon regard. J'ai une coupure au coin de la bouche – Drew a-t-il riposté à un moment ou un autre ? Peu importe. Et peu importe mon trou de mémoire. L'essentiel, c'est que Tris respire.

Je laisse mes mains sous l'eau du robinet jusqu'à ce qu'elle soit limpide, je les essuie et je vais chercher un pack de glace dans le réfrigérateur. En me retournant, je m'aperçois qu'elle est réveillée.

— Tes mains, dit-elle.

C'est vraiment un réflexe ridicule, idiot, de s'inquiéter pour mes mains alors qu'il y a une demi-heure, elle était prise à la gorge, suspendue au-dessus du gouffre.

— Ne t'occupe pas de mes mains, répliqué-je sèchement.

Je me penche sur elle pour glisser le pack de glace sous sa tête, là où j'ai senti la bosse tout à l'heure. Elle lève la main et m'effleure la bouche du bout des doigts.

Je n'aurais jamais cru qu'un simple contact physique pouvait avoir cet effet-là, celui d'une secousse électrique. Ses doigts sont doux, emplis de curiosité.

— Tris, dis-je, ses doigts toujours sur ma bouche. Je n'ai rien.

— Qu'est-ce que tu faisais là-bas ?

— Je rentrais de la salle de contrôle. J'ai entendu crier.

— Qu'est-ce que tu leur as fait ?

— J'ai déposé Drew à l'infirmerie il y a une demi-heure. Peter et Al se sont enfuis. Drew a prétendu qu'ils voulaient juste te faire peur. Je crois que c'est ce qu'il essayait de dire, en tout cas.

— Tu l'as amoché ?

— Il s'en remettra. On verra bien dans quel état.

Je ne devrais pas lui laisser voir cette facette de moi, celle qui tire un plaisir féroce de la douleur de Drew. Je ne devrais même pas *avoir* cette facette.

Elle referme une main sur mon bras et serre.

— Bien fait pour lui.

Je la dévisage. Elle aussi, elle a cette facette-là, forcément. J'ai vu son expression quand elle se battait avec Molly, son air déterminé à continuer de frapper quel que soit l'état de son adversaire. Peut-être qu'on est pareils, tous les deux.

Son visage s'altère, sa bouche se tord et elle se met à pleurer. D'habitude, voir quelqu'un pleurer m'oppresse, comme si je devais fuir pour trouver de l'oxygène. Avec elle, je ne ressens pas cela. Je n'ai pas peur qu'elle attende trop de moi, ni qu'elle ait besoin que je fasse quoi que ce soit en particulier. Je m'agenouille pour me mettre à son niveau et je l'observe attentivement. Puis je pose ma main sur sa joue, doucement, pour ne pas appuyer sur ses contusions qui continuent d'enfler. Mon pouce effleure sa pommette. Sa peau est tiède.

À cet instant, j'accepte le caractère inéluctable de ce que j'éprouve, même si cela ne me procure aucune joie. J'ai besoin de quelqu'un à qui parler, à qui faire confiance. Et quelle que soit la raison, je *sais* que c'est elle.

Je vais devoir commencer par lui dire mon vrai nom.

+++

Dans la queue du petit-déjeuner, je me glisse avec mon plateau derrière Eric, qui est en train de se servir des œufs brouillés.

— Si je te disais qu'un novice s'est fait attaquer cette nuit par plusieurs autres, dis-je, ça t'intéresserait, ou même pas ?

Il pousse ses œufs sur le bord de son assiette en haussant une épaule.

— Ce qui pourrait m'intéresser, c'est qu'un instructeur soit incapable de contrôler ses novices, réplique-t-il tandis que je me sers un bol de céréales.

Il regarde mes jointures écorchées.

— Ce qui pourrait m'intéresser, reprend-il, c'est que cette attaque hypothétique soit la *deuxième* sous sa responsabilité... alors que les natifs n'ont pas l'air d'avoir de problèmes.

— C'est logique qu'il y ait plus de tensions entre les transferts – ils ne se connaissent pas, ils ne connaissent pas la faction et ils viennent d'horizons très différents. Et en tant que leader, ce n'est pas ton rôle de les « contrôler » ?

Il dépose une tranche de pain grillé à côté de ses œufs, se penche à mon oreille et siffle entre ses dents :

— Tu es sur la mauvaise pente, *Tobias*. Tu te disputes avec moi en public. Tu « perds » des résultats de simulation. Tu favorises très clairement les plus faibles dans les classements. Même Max est d'accord avec moi, maintenant. Si un novice s'était fait attaquer, je doute qu'il te féliciterait, et il pourrait bien m'écouter si je lui suggérais de te démettre de tes fonctions.

— Auquel cas il vous manquerait un instructeur huit jours avant la fin de l'initiation.

— Je me débrouillerais très bien sans toi.

— Je vois ça d'ici, dis-je en plissant les yeux. Entre les morts et les abandons, il n'y aurait même plus besoin de procéder à des éliminatoires.

Eric se tourne vers moi avant de quitter la file d'attente.

— Tu devrais faire attention à toi ou tu n'auras plus l'occasion de voir grand-chose. Un environnement compétitif provoque forcément des tensions, Quatre. Il faut bien qu'elles s'évacuent.

Son petit sourire tire sur sa peau autour de ses piercings.

— D'ailleurs, un combat en situation réelle aurait l'avantage de nous faire distinguer les plus forts des plus faibles, non ? Même plus besoin de s'en remettre à des résultats de tests comme maintenant. On pourrait déterminer de manière plus fiable qui n'a pas sa place chez nous. Enfin... *si* agression il y avait.

Le sous-entendu est clair : en tant que victime, Tris serait perçue comme plus faible que les autres novices et ferait une cible de choix pour l'élimination. Et loin de voler à son secours, Eric en profiterait pour demander son expulsion de chez les Audacieux, comme il l'a fait pour Edward avant que celui-ci ne décide de partir de lui-même.

— Absolument, fais-je d'un ton léger. Enfin, une chance qu'aucune agression n'ait eu lieu récemment.

Je verse du lait sur mes céréales et je me dirige vers ma table. Eric ne prendra pas de sanctions contre Peter, Drew et Al et, de mon côté, je ne peux rien faire sans outrepasser mes fonctions et en subir les conséquences. Cela dit, je peux peut-être trouver de l'aide sur ce coup-là.

— J'ai besoin de vous pour un truc, dis-je en m'asseyant entre Zeke et Shauna.

+++

Une fois les novices instruits sur le paysage des peurs et expédiés à la cafétéria pour le déjeuner, je prends Peter à part dans la salle d'observation contiguë à la salle de simulation. Outre les rangées de chaises destinées aux novices qui attendent de passer leur test final, s'y trouvent déjà Zeke et Shauna.

— Il faut qu'on ait une petite conversation, dis-je.

Zeke se jette sur Peter en le projetant contre le mur en béton avec une violence de mauvais augure. Peter se cogne la tête avec une grimace de douleur.

— Salut, mon pote, fait Zeke tandis que Shauna s'approche en faisant tourner un couteau entre ses doigts.

— Vous faites quoi, là ? demande Peter en ricanant. Vous essayez de me faire peur ou quoi ?

Il n'a pas l air inquiet une seule seconde, même quand Shauna appuie la lame du couteau sur sa joue, assez fort pour y creuser une fossette.

— On veut juste faire passer un message, rectifié-je. Tu n'es pas le seul à avoir des amis.

— Ça m'étonnerait que les instructeurs soient censés menacer des novices. Je me trompe ?

Il me regarde d'un air que je pourrais croire innocent si je ne le connaissais pas.

— Mais je peux me tromper, reprend-il, je demanderai à Eric pour être sûr.

— Je ne t'ai pas menacé. Je ne t'ai même pas touché. Et d'après les images de cette pièce enregistrées sur les ordinateurs de la salle de contrôle, on n'y a même pas mis les pieds.

Zeke a un sourire fanfaron. L'idée vient de lui.

— C'est moi qui te menace, intervient Shauna d'une voix grondante. Encore une tentative de violence et je vais t'apprendre ce que c'est que la justice.

Elle tient la pointe du couteau juste au-dessus de l'œil de

Peter et l'abaisse lentement, jusqu'à l'appuyer sur sa paupière. Il se fige, osant à peine respirer.

— Œil pour œil...

— Eric se fiche peut-être que tu t'en prennes aux autres novices, enchaîne Zeke, mais pas nous, et il y a un paquet d'Audacieux dans notre cas. Qui ne trouvent pas normal qu'un des leurs porte la main sur des membres de leur faction. Qui écoutent ce qui se dit sur les gens et qui le font savoir. Tu sais, chez les Audacieux, une réputation, ça te colle à la peau. Dès que tout le monde saura que tu es un ver de terre, la vie deviendra impossible pour toi.

— On va commencer par tes employeurs potentiels, précise Shauna. Zeke peut se charger des superviseurs de la salle de contrôle ; les chefs de patrouille à la Clôture, c'est pour moi. Et Tori connaît tout le monde dans la Fosse. C'est bien une amie à toi, Quatre ?

— Tout à fait.

Je m'approche de Peter en inclinant la tête sur le côté.

— Tu es plutôt doué pour faire du mal aux autres, le novice... Mais nous, on peut faire de ta vie entière un enfer.

— Réfléchis-y, lui dit Shauna en écartant le couteau de son œil.

Sans cesser de sourire, Zeke lâche la chemise de Peter et la défroisse. La férocité de Shauna et la gaieté de Zeke forment une combinaison juste assez bizarre pour être glaçante. Zeke fait un petit signe d'au revoir à Peter et on s'en va tous les trois.

— Tu veux qu'on parle aux gens quand même ? me demande Zeke.

— Oh que oui. Et non seulement de Peter mais aussi de Drew et d'Al.

— S'il survit à l'initiation, imaginez un peu que je le bouscule par inadvertance pile quand il passe au-dessus du gouffre ; on ne sait jamais, fait Zeke d'un ton plein d'espoir en mimant un plongeon avec la main.

+++

Le lendemain matin, malgré les arômes de bacon qui émanent de la cafétéria, il y a un attroupement près du gouffre, immobile et silencieux. Je n'ai pas besoin de demander aux gens ce qu'ils font là.

Il paraît que ça arrive presque tous les ans. Une mort. Comme celle d'Amar, soudaine, terrible et gratuite. Un corps tiré du gouffre comme un poisson au bout d'un hameçon. Généralement quelqu'un de jeune – un accident, à cause d'une acrobatie qui a dérapé, ou une personnalité fragile qui n'a pas supporté la pression et la souffrance qui font partie de la vie d'ici.

Je ne sais pas quoi en penser. Je devrais sans doute me sentir coupable de ne pas m'être aperçu d'un tel désespoir. Triste, aussi, que certains ne trouvent pas d'autre issue.

J'entends le nom de la victime lancé quelque part devant moi, et il me frappe comme une gifle.

Al. Al. Al.

Mon novice... sous *ma* responsabilité. Je n'ai pas su le protéger, trop occupé à surveiller Max et Jeanine, à rejeter toutes les fautes sur Eric et à hésiter sur le fait d'avertir ou pas les Altruistes. Et j'ai un tort encore plus grand : j'ai gardé mes distances avec les novices pour me protéger, moi, au lieu de les tirer des zones sombres vers les plus claires. Rire avec des amis sur les rochers du gouffre. Aller se faire tatouer tard le soir après un défi. Taper dans le dos de tout le monde à l'annonce du classement. Voilà ce que j'aurais dû montrer à Al. Ça n'aurait peut-être pas suffi, mais au moins j'aurais essayé.

Une chose est sûre : après l'initiation de cette année, ça ne coûtera pas beaucoup d'efforts à Eric de m'évincer de mon poste d'instructeur. Je l'ai déjà perdu.

+++

Al. Al. Al.

Pourquoi tous ces morts deviennent-ils des héros chez les Audacieux ? Pourquoi avons-nous besoin de ça ? Peut-être parce qu'on n'en trouve pas d'autres dans une faction de leaders corrompus, de camarades rivaux et d'instructeurs cyniques. Les morts peuvent devenir nos héros parce qu'ils ne risquent pas de nous décevoir. Ils ne peuvent que s'améliorer avec le temps, à mesure qu'on oublie leurs défauts.

Al, un garçon sensible et peu sûr de lui, s'est mué en quelqu'un de jaloux et de violent, avant de disparaître. Des personnes plus fragiles que lui ont survécu, d'autres plus fortes sont mortes, et il n'y a pas d'explication.

Mais Tris en cherche une, désespérément, je le vois à l'espèce de faim qui se lit sur son visage. À moins que ce ne soit de la colère. Ou les deux. Ça ne doit pas être facile d'apprécier quelqu'un, puis de le haïr, pour ensuite le perdre avant d'avoir pu résoudre le conflit entre ces sentiments. Elle s'éloigne du groupe des Audacieux et de leur litanie, et je la suis parce que j'ai l'orgueil de penser que je peux la réconforter.

Mais bien sûr. À moins que je ne la suive parce que j'en ai assez de vivre coupé des autres, et que je ne suis plus si sûr que ce soit le bon choix.

— Tris.

— Qu'est-ce que tu fais là ? me demande-t-elle d'un ton amer. Tu ne devrais pas être en train de rendre un dernier hommage à Al ?

— Et toi ?

Je m'approche d'elle.

— On ne peut pas rendre hommage à quelqu'un pour qui on n'avait pas de respect, me lance-t-elle.

Sur le coup, je suis surpris d'une telle froideur. Elle peut se monter sèche, mais elle n'est pas du tout cynique. Au bout d'à peine une seconde, elle rectifie en secouant la tête :

— Ce n'est pas ce que je voulais dire.

— Oh...

— C'est n'importe quoi ! s'enflamme-t-elle. Al se jette du haut d'une falaise et Eric appelle ça du courage ? Eric, qui t'a demandé de lancer des couteaux sur lui ? (Un rictus de colère lui déforme le visage.) Il était surtout déprimé, oui. Et ce n'était qu'un lâche qui a failli me tuer. C'est ça, le genre de choses qu'on respecte ici ?

— Que veux-tu qu'ils fassent ? dis-je avec le plus de douceur possible – ce qui ne me mène pas très loin. Qu'ils le condamnent ? Al est déjà mort. C'est un peu tard pour lui faire la leçon.

— Il ne s'agit pas de lui. Je te parle de tous ces gens qui sont là ! À qui on explique que se jeter dans le vide est un choix louable ! Franchement, pourquoi hésiter puisque ensuite tout le monde parle d'eux comme de héros ? Pourquoi hésiter puisque tout le monde se souviendra d'eux ?

Bien sûr qu'il s'agit d'Al, et elle le sait.

— C'est...

Elle cherche ses mots, se bat avec elle-même.

— Ah, je ne peux pas... Ça ne serait *jamais* arrivé chez les Altruistes ! Rien de tout ça, jamais ! Cet endroit l'a perverti et abîmé, et je m'en fous si j'ai l'air d'une Pète-sec en disant ça, JE-M'EN-FOUS !

Ma parano est si enracinée que je tourne aussitôt les yeux vers la caméra cachée dans le mur au-dessus de la fontaine à eau, derrière une applique murale. Les gens de la salle de contrôle pourraient nous voir, et même, si on manque de chance, choisir ce moment précis pour nous écouter. Soudain, j'imagine Eric accusant Tris de traîtrise, le cadavre de Tris sur le trottoir près de la voie ferrée...

— Fais attention, Tris, dis-je.

Elle me jette un regard noir.

— C'est tout ce que tu sais dire ? « Fais attention, Tris, fais attention... »

Je comprends que ma réaction ne soit pas à la hauteur de ses attentes, mais elle qui, il y a une seconde, fulminait contre l'inconscience des Audacieux, se comporte exactement comme eux.

— Tu sais que tu es pire qu'une Sincère ? dis-je.

Je l'entraîne à l'écart de la fontaine à eau, et mon visage est soudain tout proche du sien. Je l'imagine en train de flotter sous la surface de la rivière, les yeux éteints, et c'est trop pour moi, alors qu'elle vient juste de se faire agresser et qu'il aurait pu se passer n'importe quoi si je ne l'avais pas entendue crier.

— Écoute-moi bien, parce que je ne le répéterai pas, dis-je en posant les mains sur ses épaules. Ils te surveillent. Toi, en particulier.

Je me rappelle la façon dont Eric l'a regardée après le lancer de couteaux. Les questions qu'il m'a posées après l'effacement de ses données de simulation. J'ai allégué une fuite d'eau. Il a trouvé « intéressant » qu'elle se soit produite à peine cinq minutes après la fin de la simulation de Tris. *Intéressant.*

— Lâche-moi.

J'obtempère aussitôt. Je n'aime pas quand elle a cette voix-là, comme si je lui faisais peur.

— Toi aussi, ils te surveillent ? demande-t-elle en chuchotant.

Depuis le début, et ça n'est pas près de changer.

J'élude sa question :

— Je n'arrête pas d'essayer de t'aider, mais tu ne veux rien entendre.

— Ben voyons. Parce que me poignarder l'oreille, me brutaliser et me hurler dessus plus que sur tous les autres, tu appelles ça m'aider ?

— Te brutaliser ? Tu parles de la fois où j'ai lancé les couteaux ? (Je secoue la tête.) Tout ce que j'essayais de faire, c'était te rappeler que si tu échouais, quelqu'un devrait prendre ta place.

Sur le coup, ça m'a paru assez évident. Comme elle avait l'air de me comprendre mieux que la plupart des gens, j'ai supposé qu'elle comprendrait ça aussi. C'était idiot. Elle n'est pas télépathe.

— Pourquoi ? me demande-t-elle.

— Parce que tu viens de la faction des Altruistes, et que tu n'as jamais autant de courage que quand tu agis pour les autres. À ta place, je laisserais croire que cet élan altruiste est en train de disparaître. Parce que si les mauvaises personnes s'en aperçoivent... disons que tu risques gros.

— Mais pourquoi ? Qu'est-ce qu'ils en ont à faire, de mes motivations ?

— Les motivations, c'est *tout* ce qui compte pour eux. Ils veulent nous faire croire que l'important, c'est ce qu'on fait, mais ce n'est pas vrai. Ils se moquent de nos actes. Ils veulent juste qu'on pense d'une certaine manière. Pour pouvoir nous cerner facilement. Pour être sûrs qu'on ne représente pas une menace.

Je prends appui sur le mur, près de sa tête, et je me penche vers elle, en pensant aux tatouages qui montent le long de ma colonne vertébrale. Ce ne sont pas ces tatouages qui ont fait de moi un traître à sa faction, mais ce qu'ils symbolisent à mes yeux : un moyen d'échapper à l'étroitesse d'esprit des factions, à leur mode de pensée qui découpe en tranches chacun des aspects de ma personnalité pour me réduire à un seul et unique aspect de moi-même.

— Je ne comprends pas, dit-elle. Qu'est-ce que ça change, ce que je pense, tant que j'agis comme ça leur convient ?

— Pour le moment, tu agis comme ça leur convient. Mais que se passera-t-il le jour où ton cerveau calibré par les Altruistes te dira de faire une chose qui ne leur conviendra pas ?

Avec toute l'affection que j'ai pour lui, Zeke est la parfaite illustration de ce système. Né Audacieux, élevé par les Audacieux, ayant choisi les Audacieux. Je peux toujours compter sur lui pour tout aborder sous le même angle. On l'y a conditionné depuis sa naissance. Il ne peut pas envisager d'autres manières de voir.

— Et tu ne t'es jamais dit que je n'avais pas besoin de ton aide ? me demande-t-elle. Je ne suis pas une petite nature, je te signale. Je sais me débrouiller toute seule.

J'ai envie de rire. Évidemment qu'elle n'a pas besoin de moi. Quand a-t-il été question de ça ?

— Tu penses que ma première impulsion est de te protéger. (Je me rapproche encore.) Parce que tu es petite, ou une fille, ou une Pète-sec. Mais ce n'est pas ça du tout.

Encore plus près. J'effleure son menton, et pendant un instant, je songe à effacer complètement l'espace qui reste entre nous.

— Ma première impulsion est de te pousser à bout jusqu'à ce que ça casse, pour voir jusqu'où tu peux aller.

C'est un aveu étrange, et dangereux. Je ne lui ai jamais voulu aucun mal, et j'espère qu'elle comprend que ce n'est pas ce que je veux dire.

— Sauf que je n'y cède pas.

— Pourquoi... pourquoi c'est ta première impulsion ?

— La peur ne te fait pas reculer ; elle t'aiguillonne. Ça se voit. C'est fascinant.

Ses yeux dans chaque simulation de peur : un mélange de glace, d'acier et de flamme bleue. Un corps menu mais tout en muscles. Une contradiction vivante. Ma main suit la ligne de sa mâchoire, descend le long de son cou.

— Et quelquefois, j'ai envie de revoir ces moments-là. Ceux où tu t'enflammes.

Je sens ses mains sur ma taille. Elle s'appuie contre moi, ou m'attire à elle, je ne sais pas. Ses mains glissent le long de mon dos et j'ai envie d'elle, d'une manière que je n'avais jamais ressentie, mû non par un instinct purement physique mais par un vrai désir, pour elle en particulier.

Je lui caresse le dos, les cheveux. Et dans l'immédiat, ça me suffit.

— Tu ne crois pas que je devrais être en train de pleurer ? me demande-t-elle. Qu'il y a un truc qui cloche chez moi ?

Je mets quelques secondes à comprendre qu'elle me parle de nouveau d'Al. Tant mieux, parce que si cette étreinte lui donnait envie de pleurer, je serais obligé de lui répondre que je n'y connais absolument rien en histoires d'amour.

— Si tu crois que j'y connais quelque chose aux larmes…

Les miennes montent sans crier gare et disparaissent en quelques secondes.

— Si je lui avais pardonné, tu crois qu'il serait encore vivant ?

— Je ne sais pas.

Je pose la main sur sa joue, et le bout de mes doigts touche son oreille. C'est vrai qu'elle est vraiment petite. Ça ne me dérange pas.

— J'ai le sentiment que c'est ma faute, murmure-t-elle.

Et moi donc.

— Ce n'est pas ta faute, dis-je en appuyant mon front sur le sien.

Je sens son souffle tiède sur mon visage. J'avais raison, c'est mieux que de tenir ses distances, c'est bien mieux.

— Mais j'aurais dû lui pardonner.

— Peut-être. Peut-être qu'on aurait tous pu l'aider davantage, acquiescé-je, avant de lâcher sans réfléchir une banalité Altruiste : mais tout ce qu'on peut faire, maintenant, c'est nous servir de cette culpabilité pour nous améliorer.

Elle s'écarte aussitôt, et je résiste au réflexe familier de lui sortir une vacherie pour lui faire oublier ce que je viens de dire et esquiver ses questions.

— De quelle faction tu viens, Quatre ?

Je crois que tu le sais déjà.

— Peu importe. Tout ce qui compte, c'est que maintenant, je suis ici. Et je ferais mieux de raisonner comme ça pour toi aussi.

Je veux m'éloigner d'elle ; et en même temps, c'est la dernière chose dont j'aie envie.

J'ai envie de l'embrasser, mais ce n'est pas le bon moment.

J'effleure son front avec mes lèvres et on reste immobiles. Plus question de faire marche arrière, maintenant ; pas pour moi, en tout cas.

+++

Quelque chose qu'elle a dit me trotte dans la tête toute la journée. *Ce ne serait jamais arrivé chez les Altruistes.*

Au début, je songe simplement qu'elle ne sait pas qui ils sont vraiment.

Mais j'ai tort, et c'est elle qui a raison. Chez les Altruistes, Al ne serait pas mort et il ne l'aurait jamais agressée. Ils ne sont peut-être pas aussi bons et purs que je le croyais autrefois – ou que je voulais le croire – mais ils ne sont pas *mauvais* pour autant.

Quand je ferme les yeux, la carte du secteur des Altruistes que j'ai trouvée sur l'ordinateur de Max s'imprime sur mes paupières. Que je les prévienne ou non, je suis un traître, pour les uns ou pour les autres. Si je ne peux pas me fixer la loyauté comme critère de décision, à quelle autre valeur dois-je me raccrocher ?

+++

Il me faut un moment pour déterminer comment m'y prendre. Si j'étais un garçon Audacieux normal, ayant affaire à une fille Audacieuse normale, je lui proposerais de sortir et on irait au bord du gouffre, et je pourrais frimer avec ma connaissance du siège des Audacieux. Mais ça me paraît trop banal, après tout ce qu'on s'est dit, maintenant que j'ai regardé dans les recoins sombres de son esprit.

C'est peut-être là qu'est le problème – c'est déséquilibré, parce que je la connais, je sais de quoi elle a peur, ce qu'elle aime et ce qu'elle déteste, alors qu'elle ne sait de moi que ce que je lui ai dit. Et comme je n'aime pas entrer dans les détails, les vagues informations que je lui ai données ne risquent pas de la mener très loin.

Je sais ce qu'il me reste à faire ; la seule difficulté va être de le mettre en œuvre.

J'allume l'ordinateur de la salle du paysage des peurs pour suivre mon programme. Je prends deux seringues de sérum de simulation dans la réserve et je les range dans la petite boîte que je garde pour cet usage. Puis je me dirige vers le dortoir des transferts, sans trop savoir comment je vais réussir à l'isoler pour lui demander de venir avec moi.

Jusqu'à ce que je la voie avec Will et Christina près de la rambarde. Je devrais l'appeler, mais je ne peux pas. Je ne suis pas un peu dingue, de songer à la laisser entrer dans ma tête ? De la laisser voir Marcus, apprendre mon nom, et tout ce que je me suis donné tant de mal à cacher ?

Je reprends le chemin qui grimpe le long de la Fosse, l'estomac noué. J'arrive dans l'entrée alors que les lumières de la ville commencent à s'éteindre tout autour de nous. J'entends des pas derrière moi dans l'escalier. Elle m'a suivi.

Je retourne la boîte noire dans ma main.

— Au point où tu en es, dis-je d'un ton détaché parfaitement ridicule, tu n'as qu'à venir avec moi.

— Dans ton paysage des peurs ?

— Oui.

— C'est possible, ça ?

— Le sérum permet de se connecter au programme informatique, mais c'est le programme qui détermine le paysage dans lequel on va évoluer. Là, il est réglé sur le mien.

— Et tu me laisserais le voir ?

J'ai du mal à la regarder.

— Qu'est-ce que je fais là, à ton avis ?

J'ai de plus en plus mal au ventre.

— Il y a des trucs que je voudrais te montrer.

J'ouvre la boîte et j'en sors la première seringue. Elle incline la tête et je lui injecte le produit, comme on fait toujours pour les simulations. Mais au lieu de me l'injecter moi-même avec l'autre seringue, je lui tends la boîte. Je suis censé rééquilibrer les choses, oui ou non ?

— Je n'ai jamais fait ça, me dit-elle.

— Là.

Je touche un point dans mon cou. Elle tremble un peu en enfonçant l'aiguille, et je sens une piqûre aiguë, mais j'ai trop l'habitude pour que ça me dérange. J'observe son visage. Trop tard pour faire demi-tour, trop tard. Il est temps de découvrir de quoi on est faits, l'un et l'autre.

Je lui prends la main, ou elle prend la mienne, et on entre ensemble dans la salle du paysage des peurs.

— On va voir si tu trouves pourquoi on m'a appelé Quatre.

La porte se referme derrière nous, et on est plongés dans le noir.

— C'est quoi, ton vrai nom ? me demande-t-elle en se rapprochant.

— On va voir si tu trouves ça aussi.

La simulation commence.

La salle s'ouvre sur un grand ciel bleu. On est sur le toit d'une tour qui luit au soleil, au milieu de la ville. J'ai quelques secondes pour admirer la beauté de la vue avant que le vent ne se lève, féroce et puissant. Je mets un bras autour de son épaule parce que je sais qu'ici, elle est plus stable que moi.

J'ai du mal à respirer, ce qui est normal pour moi dans ce contexte. La poussée de l'air me suffoque, et le vertige me donne envie de me rouler en boule et de me cacher.

— On doit sauter, c'est ça ? me demande-t-elle.

Ça me rappelle que je ne peux pas me rouler en boule et me cacher. Je dois faire face.

Je hoche la tête.

— À trois, d'accord ?

Nouveau hochement de tête de ma part. Tout ce que j'ai à faire, c'est la suivre. Pas plus compliqué que ça.

Elle compte jusqu'à trois et s'élance en m'entraînant derrière elle, comme si elle était une voile et moi une ancre qui nous tirait vers le fond. On tombe, et je mets toute mon énergie à ne pas céder à la terreur qui fait grincer chacun de mes nerfs, et je me retrouve au sol, une main pressée sur la poitrine.

Elle m'aide à me relever. Je me sens idiot, en repensant à la façon dont elle a escaladé la grande roue sans une hésitation.

— C'est quoi, la suite ?

Je voudrais lui dire que ce n'est pas un jeu, que mes peurs ne sont pas des montagnes russes sur lesquelles je l'ai invitée. Mais je suppose que ce n'est pas ce qu'elle voulait dire.

— C'est...

Le mur surgit de nulle part, percutant son dos et le mien, et nos flancs. Nous forçant à nous coller l'un contre l'autre, plus près qu'on ne l'a jamais été.

— L'enfermement, dis-je.

C'est encore pire que d'habitude, avec elle à côté de moi qui me prend la moitié de mon air. Je laisse échapper un petit geignement en me repliant sur elle. Je hais cet endroit. Je le *hais*.

— Hé, me dit-elle. Tout va bien ! Attends...

Elle passe mes bras autour d'elle. Je l'ai toujours vue comme quelqu'un de sec, sans une once de graisse en trop, mais sa taille est douce.

— C'est bien la première fois que je suis contente d'être petite, ajoute-t-elle.

Elle passe en revue les moyens de sortir. Elle fait de la stratégie du paysage des peurs. Moi, je me force à respirer calmement. Puis elle nous fait accroupir pour réduire la taille de la boîte et se tourne dos contre mon torse, de sorte que je l'enveloppe complètement.

— Ah, c'est encore pire, c'est clair... dis-je.

Parce qu'en ajoutant la tension du contact avec elle à celle la claustrophobie, je n'arrive même plus à penser.

— Chut. Mets tes bras autour de moi.

Je replie les bras autour de sa taille et j'enfouis le visage au creux de son épaule. Elle sent le savon des Audacieux, et quelque chose de doux, comme de la pomme.

J'oublie où je suis.

Elle recommence à parler du paysage des peurs et je l'écoute, en même temps que je me concentre sur la sensation de son corps contre le mien.

— ... Essaie d'oublier qu'on est là, conclut-elle.

— Ah ouais ? Aussi simple que ça, hein ?

J'ai la bouche tout près de son oreille, exprès, cette fois-ci, pour avoir quelque chose sur quoi me concentrer. Et aussi parce que j'ai l'impression que je ne suis pas le seul à me laisser distraire.

— Tu sais que la plupart des garçons se réjouiraient d'être enfermés avec une fille dans un endroit aussi restreint ?

— Sauf les claustrophobes, Tris.

— D'accord, d'accord.

Elle guide ma main jusqu'à son torse, juste en dessous de sa poitrine. Je n'arrive plus à penser qu'à mon envie, qui n'a plus rien à voir avec le fait de sortir de cette boîte.

— Tu sens mon cœur qui bat ?

— Oui.

— Tu sens comme il est régulier ?

Je souris, la tête au creux de son cou.

— Il est rapide.

— Ouais. Peut-être, mais ça n'a aucun rapport avec la boîte.

Ah non ?

— Voilà ce qu'on va faire : chaque fois que tu me sens respirer, tu respires, reprend-elle. Concentre-toi là-dessus.

— OK.

On respire au même rythme. Une fois, deux fois.

— Et si tu me racontais d'où vient cette peur ? En parler, ça peut parfois aider à... débloquer les choses.

Il me semble que ce paysage de peur devrait avoir disparu, maintenant. Mais au lieu de m'aider à m'en débarrasser, tout ce que tente Tris ne fait qu'accroître mon degré de nervosité et prolonger l'épreuve.

J'essaie de me concentrer sur l'origine de cette histoire de boîte.

— Heu… OK *(Allez, vas-y, dis juste un truc vrai.)* Celle-là, ça vient de mon enfance de rêve. Punitions. Le cagibi sur le palier.

Enfermé dans le noir pour méditer sur mes méfaits. C'était toujours mieux que certaines autres punitions, mais parfois, quand j'y restais trop longtemps, je finissais par manquer d'air.

— Chez nous, ma mère rangeait nos manteaux d'hiver dans le cagibi, m'informe-t-elle.

Une remarque idiote après ce que je viens de lui confier, mais il est visible qu'elle ne trouve rien d'autre à dire.

Elle ne sait pas quoi dire parce que personne ne peut trouver les bons mots, qu'il n'y a pas de réaction adéquate face au poids des souffrances de mon enfance. Mon rythme cardiaque s'emballe de nouveau.

— Je n'ai… Je préférerais parler d'autre chose, dis-je après avoir avalé une goulée d'air.

— D'accord. Alors… à mon tour. Demande-moi un truc.

Je relève la tête. Jusqu'ici, ça marchait bien de me concentrer sur elle. Les battements de son cœur, son corps contre le mien. Deux solides charpentes enveloppées de muscles, entremêlées ; deux transferts des Altruistes essayant de s'affranchir des timides rites amoureux de leur faction d'origine.

— Pourquoi ton cœur bat aussi vite, Tris ?

— Ben, je te connais à peine… (Je l'imagine prenant un air indigné.) Je te connais à peine et je me retrouve collée à toi dans une boîte. Qu'est-ce que tu crois ?

— Si on était dans ton paysage des peurs, je serais dedans ?

— Je n'ai pas peur de toi.

— Non, ça, c'est sûr. Ce n'était pas ma question.

Je ne voulais pas dire : « As-tu peur de moi ? » mais : « Est-ce que je compte assez pour toi pour être présent dans ton paysage des peurs ? »

Probablement pas. Elle a raison ; elle me connaît à peine. N'empêche que son cœur bat à toute vitesse.

Je ris, et les parois s'effondrent comme sous l'effet de mes éclats de rire, et l'air frais emplit l'espace tout autour de nous.

Elle me regarde d'un air soupçonneux.

— T'aurais peut-être eu ta place chez les Sincères, dis-je, parce que tu mens super mal.

— Je crois que mon test d'aptitudes a clairement exclu cette option.

— Le test d'aptitudes ne veut rien dire.

— Comment ça ? s'étonne-t-elle. Ce n'est pas le résultat de ton test qui t'a fait atterrir chez les Audacieux ?

Je hausse les épaules.

— Pas vraiment, non. Je...

Je distingue quelque chose du coin de l'œil et je me retourne pour y faire face. Une femme au visage ordinaire, sans rien de notable, se tient seule à l'autre bout de la pièce. Entre elle et nous, il y a une table avec un pistolet posé dessus.

— Tu dois la tuer, devine Tris.

— À chaque fois.

— Elle n'est pas réelle.

— Elle a l'air réelle. Ça a l'air réel.

— Si elle l'était, tu serais déjà mort.

— Ça va. Je vais le faire. Ce paysage-ci n'est pas si terrible. Pas si paniquant.

Je m'approche de la table.

Mais la panique et la terreur ne sont pas les seules sortes de peurs qui existent. Il y en a de plus profondes, de plus horribles. L'angoisse et l'appréhension, écrasante, de ce qui va se produire.

Je charge l'arme mécaniquement, je tends le bras et je regarde le visage de cette femme. Son expression est neutre, comme si elle acceptait son sort. Elle ne porte pas les vêtements d'une faction en particulier, mais elle pourrait bien être une Altruiste, à la façon dont elle attend passivement que je la tue. C'est ce qu'ils feraient. C'est ce qu'ils feront, si Max et Jeanine, et Evelyn, arrivent à leurs fins.

Je ferme un œil pour viser et je tire.

La femme s'écroule, et je repense au moment où j'ai frappé Drew jusqu'à ce qu'il soit quasi inconscient.

La main de Tris se referme sur mon bras.

— Viens. On s'en va. Pas la peine de rester là.

On passe devant la table et j'ai un frisson de peur. L'attente de mon dernier obstacle est déjà une peur en soi.

— C'est parti, dis-je.

On se trouve maintenant dans un cercle de lumière autour duquel glisse une silhouette sombre, dont on ne voit que le bout des chaussures. Soudain, il fait un pas vers nous. Marcus, avec ses yeux noirs comme de la poix, ses vêtements gris, ses cheveux ras qui révèlent les contours de son crâne.

— Marcus, murmure-t-elle.

J'observe mon père, attendant que tombe le premier coup.

— C'est maintenant que tu devines comment je m'appelle, signalé-je à Tris.

— C'est…

Ça y est ; elle le sait. Elle le saura toujours. Je ne pourrais plus le lui faire oublier même si je le voulais.

— Tobias.

Ça fait très longtemps que personne n'a prononcé mon nom sur ce ton-là, comme une révélation et non comme une menace.

Marcus dévide la ceinture enroulée autour de son poing.

— C'est pour ton bien, me dit-il.

J'ai envie de hurler.

En une fraction de seconde, il se démultiplie et nous encercle, les ceintures traînant sur le carrelage blanc. Je me replie sur moi-même, le dos courbé, et j'attends, j'attends. Un premier Marcus s'avance. Sa ceinture fouette l'air d'avant en arrière et je tressaille avant qu'elle ne me frappe, mais elle ne frappe pas.

Tris se tient devant moi, le bras levé, tous ses muscles tendus. Le bout de la ceinture s'enroule autour de son bras. Les dents serrées, elle l'arrache à Marcus en tirant d'un coup sec et la lance à son tour. Je reste stupéfait par la puissance de son mouvement et par la *violence* avec laquelle la ceinture claque sur Marcus.

Il se jette sur elle et je m'interpose. Cette fois, je suis prêt, prêt à riposter.

Mais l'occasion ne se présente pas. Les lumières se déplacent et le paysage des peurs a disparu.

— C'est fini ? demande-t-elle alors que je garde les yeux fixés sur le point où se tenait Marcus. C'était ça, tes pires craintes ? Mais tu n'en as que quatre... Oh !

Elle me regarde.

— C'est pour ça qu'on t'appelle...

Je craignais qu'une fois au courant pour Marcus, elle ne me considère avec pitié, qu'elle ne me donne le sentiment d'être quelqu'un de faible, de petit et de vide.

Mais elle l'a *regardé*, avec colère, sans peur. Elle m'a fait me sentir non pas faible, mais puissant. Assez fort pour me défendre.

Je la prends par le coude pour l'attirer à moi et je dépose un baiser sur sa joue, sentant au passage la brûlure de sa peau. Je me laisse aller contre elle en la serrant fort.

— Hé, murmure-t-elle dans un soupir. On a réussi.

Je glisse mes doigts dans ses cheveux.

— Grâce à toi.

+++

Je l'emmène sur les rochers où je viens parfois tard le soir avec Zeke et Shauna. On s'assoit sur une pierre plate en surplomb de l'eau et mes chaussures sont bientôt trempées par l'écume, mais ce n'est pas grave, il ne fait pas très froid. Comme tous les novices, elle est obnubilée par le test d'aptitudes, et je dois me battre pour la convaincre qu'elle a tort. Je m'étais imaginé qu'après lui avoir lâché l'un de mes secrets, tous les autres suivraient, mais je suis en train de découvrir que se livrer est une habitude qui ne s'acquiert qu'avec le temps, que ça ne se déclenche pas sur commande en appuyant sur un bouton.

— Tu sais, ces trucs-là, je n'en parle pas aux autres. Même pas à mes amis.

Je contemple l'eau sombre et boueuse et les objets qu'elle charrie – détritus, vieux vêtements, bouteilles qui flottent comme des petits bateaux qui voguent vers le large.

— J'ai eu un résultat sans surprise. Altruiste.

— Oh... Et tu as quand même choisi les Audacieux ?

— Par nécessité.

— Qu'est-ce qui t'obligeait à partir ?

Je détourne les yeux, hésitant à formuler mes raisons, parce que ça revient à me déclarer traître à ma faction et que ça me donne le sentiment d'être un lâche.

— Tu devais t'éloigner de ton père... devine-t-elle. C'est pour ça que tu ne veux pas être un leader Audacieux ? Pour ne plus le revoir ?

Je hausse les épaules.

— Pour ça, et parce que je ne me suis jamais senti totalement à ma place chez les Audacieux. Pas tels qu'ils sont devenus, en tout cas.

Ce n'est pas tout à fait vrai. Je ne suis pas sûr que le moment soit bien choisi pour lui dire ce que j'ai appris sur Max et Jeanine et sur l'attaque. Égoïstement, je préférerais garder cet instant rien que pour moi, au moins un petit peu.

— N'empêche que tu es... incroyable. (Je lui jette un coup d'œil interrogateur. Elle a l'air gênée.) Je veux dire, c'est dingue, d'après les critères des Audacieux, quatre peurs, c'est une plaisanterie. Ta place était forcément ici.

J'ai une moue dubitative. Plus le temps passe, plus je trouve étrange de ne pas en avoir des tonnes, comme les autres. Il y a des tas de choses qui me rendent nerveux, qui m'angoissent, me perturbent... mais quand j'y suis confronté, je reste capable d'*agir*. Je ne suis jamais impuissant. Alors que mes quatre peurs, si je n'y prends pas garde, finiront par me paralyser. C'est tout ce qui les distingue.

— Je ne vois pas une grande différence entre l'altruisme et le courage, dis-je.

Je lève les yeux vers la Fosse qui s'élève haut au-dessus de nous. D'ici, j'entrevois tout juste une fine tranche de ciel de nuit.

— Quand on t'apprend depuis toujours à t'oublier toi-même, ça devient un réflexe, développé-je. Et le jour où tu te trouves en danger, tu le fais sans y penser. Je pourrais aussi bien appartenir aux Altruistes.

— Si on veut. J'ai quitté les Altruistes parce que je n'étais pas assez altruiste, et ce n'est pas faute d'avoir essayé.

— Ce n'est pas entièrement vrai, répliqué-je avec un sourire. Cette fille qui se tient sans broncher face à un lanceur de couteaux pour épargner un ami, qui frappe mon père avec une ceinture pour me défendre... ce n'est pas toi ?

Dans cette lumière, elle paraît venir d'un autre monde, son regard est si clair qu'il semble presque luire dans le noir.

— Dis donc, t'as pas les yeux dans ta poche, toi, dit-elle, comme si elle venait de lire dans mes pensées.

Mais elle ne fait pas allusion à l'instant présent.

— J'aime bien observer les gens, marmonné-je pour noyer le poisson.

— Toi non plus, tu ne sais pas mentir.

Je me penche vers elle en posant ma main tout près de la sienne. Son long nez fin et sa bouche ont dégonflé depuis son agression. Elle a une jolie bouche.

— C'est parce que tu me plais. Et ne m'appelle pas Quatre. Ça fait du bien d'entendre mon nom.

Elle a l'air perdue, tout à coup.

— Mais... *Tobias*... tu es plus vieux que moi...

C'est tellement bon quand elle le dit. Comme s'il n'y avait pas à en avoir honte.

— C'est vrai que ce fossé de deux ans est totalement infranchissable.

— Je n'essaie pas de me dévaloriser, insiste-t-elle. C'est juste que j'ai du mal à comprendre. Je suis plus jeune que toi, je ne suis pas jolie, je...

Je ris et je l'embrasse sur la tempe.

— Quoi, soyons honnêtes, reprend-elle, le souffle un peu

court. Je ne suis pas moche, mais on ne peut pas dire que je sois jolie.

Le mot « jolie », avec tout ce qu'il représente, me semble tellement dérisoire que je ne vais pas tergiverser.

— Admettons. Tu n'es pas jolie. Et alors ? (J'essaie de rassembler mon courage tandis que mes lèvres glissent vers sa joue.) Tu me plais comme tu es. (Je m'écarte.) Tu es super intelligente. Tu as du cran. Et même maintenant que tu sais pour Marcus... tu ne me regardes pas comme si j'étais un chien battu.

— Parce que tu n'en es pas un, réplique-t-elle.

Mon instinct ne m'avait pas trompé. Je peux me fier à elle. Lui confier mes secrets, ma honte, le nom que j'ai abandonné. Toute la vérité, avec ses beautés et ses laideurs.

Ma bouche effleure la sienne. Nos regards se croisent, je souris et je l'embrasse de nouveau, avec plus d'assurance.

Ça ne me suffit pas. Je la serre contre moi et je l'embrasse avec plus d'intensité. Elle s'anime, referme ses bras derrière moi et se colle contre moi, et c'est fou, mais ça ne suffit toujours pas.

+++

Je la raccompagne au dortoir des transferts, les chaussures encore humides de l'écume du torrent, et elle me sourit en se glissant par la porte. Puis je rentre chez moi, et le malaise ne tarde pas à reprendre le pas sur le vertige du soulagement. Quelque part entre le moment où j'ai vu cette ceinture s'enrouler autour du bras de Tris et celui où je lui ai dit que l'altruisme et le courage étaient souvent synonymes, j'ai pris une décision.

Je tourne au croisement suivant, non vers mon appartement mais vers l'escalier qui donne à l'extérieur, juste à côté de chez Max. Je ralentis en passant devant sa porte, pris d'une peur irrationnelle de le réveiller avec le bruit de mes pas.

Mon cœur cogne dans ma poitrine quand j'arrive en haut des marches. Un train passe en reflétant le clair de lune sur son flanc métallique. En marchant sous les rails, je prends la direction du secteur Altruiste.

+++

Tris vient de chez les Altruistes. Une partie de son pouvoir inné lui vient d'eux, chaque fois qu'elle est appelée à prendre la défense de plus faible qu'elle. Et je ne supporte pas l'idée que des hommes et des femmes comme elle tombent sous les balles des Érudits. C'est vrai, ils m'ont menti, et j'ai en quelque sorte trahi leur confiance en choisissant les Audacieux, et je trahis peut-être celle des Audacieux aujourd'hui ; mais rien ne m'oblige à me trahir moi-même. Et quelle que soit ma faction, ma conscience est là pour me dicter ma conduite.

Le secteur Altruiste est impeccable ; pas un papier par terre, ni dans les rues, ni sur les trottoirs, ni sur les pelouses. Les rues sont bordées de modestes maisons grises toutes semblables. Certaines sont abîmées par endroits, mais toutes sont bien entretenues.

On peut vite se perdre dans le labyrinthe des rues d'ici, mais je ne suis pas parti depuis assez longtemps pour avoir oublié le chemin de la maison de Marcus.

Bizarre comme, dans mon esprit, cette maison est devenue la sienne et plus la mienne.

Je n'ai peut-être pas besoin de m'adresser à lui ; je pourrais parler à un autre leader Altruiste. Mais il est le plus influent, et quelque part, il reste mon père, celui qui a tenté de me protéger à cause de ma Divergence. J'essaie de me remémorer la sensation de puissance que j'ai éprouvée dans mon paysage des peurs quand Tris m'a montré qu'il n'était qu'un homme et pas un monstre, et que je pouvais l'affronter. Mais elle n'est pas là, avec moi, et je me sens fragile.

Je remonte l'allée du perron avec des jambes raides. Je ne frappe pas, pour ne pas réveiller les voisins. Je prends la clé sous le paillasson et j'ouvre la porte.

Il est tard, mais la lumière est encore allumée dans la cuisine. Le temps que je franchisse le seuil, il est déjà dans mon champ de vision. Derrière lui, la table de la cuisine est recouverte de papiers. Il est debout, pieds nus, et ses yeux s'enfoncent dans les mêmes ombres que dans mes cauchemars.

— Qu'est-ce que tu fais ici ? me demande-t-il.

Il me détaille de la tête aux pieds. Je me demande pourquoi il me regarde ainsi, avant de me rappeler que je porte de lourdes boots et une veste noires d'Audacieux, et qu'un tatouage dépasse de mon tee-shirt. Il s'approche un peu et je m'aperçois que je suis désormais aussi grand, et surtout plus costaud que lui.

Il n'aurait plus le dessus aujourd'hui.

— Tu n'es plus le bienvenu dans cette maison.

— Je...

Je me redresse de toute ma hauteur, et pas parce que les postures voûtées l'exaspèrent.

— Je m'en fous.

Il hausse les sourcils. Il ne s'attendait pas à une telle réponse.

— Je suis venu pour te prévenir. J'ai découvert quelque chose. Max et Jeanine organisent une attaque contre les Altruistes. Je ne sais ni où ni comment.

Il m'observe un instant, d'un air qui me donne l'impression d'être soupesé, puis son expression se charge de mépris.

— Max et Jeanine vont nous attaquer, répète-t-il. À deux, armés de seringues de simulation ? (Il plisse les yeux.) C'est Max qui t'envoie ? Tu es devenu son larbin ? Quoi, il espère m'effrayer ?

Quand j'ai décidé d'avertir les Altruistes, j'étais sûr que le plus dur pour moi serait de franchir cette porte. Je n'avais pas envisagé une seconde qu'il ne me croirait pas.

— Ne sois pas stupide.

Jamais je ne lui aurais parlé ainsi tant que je vivais dans cette maison mais, à force de m'évertuer à adopter la façon de parler des Audacieux, c'est sorti tout seul.

— Si tu te méfies de Max, ce n'est pas pour rien, et je viens te dire que tu as raison. Tu as raison de te méfier de lui. Vous êtes en danger – tous.

— Tu oses venir chez moi après avoir trahi ta faction et ta *famille*... et m'insulter, en prime ? répond-il sourdement. (Il secoue la tête.) Je refuse de me plier au bon vouloir de Max et Jeanine en cédant à l'intimidation, a fortiori sous la pression de mon fils.

— Tu sais quoi ? Laisse tomber. J'aurais dû aller voir quelqu'un d'autre.

Je me retourne vers la porte.

— Ne me tourne pas le dos, m'intime-t-il.

Il me serre le bras, fort. Je fixe sa main, pris d'un étourdissement, comme si je sortais de mon corps, que je me distanciais déjà de cet instant pour parvenir à y survivre.

« Tu es de taille à te battre contre lui », songé-je en revoyant Tris lancer la ceinture au-dessus de sa tête pour le frapper dans mon paysage des peurs.

Je dégage mon bras, assez vivement pour lui faire lâcher prise. Mais il me reste tout juste assez de force pour m'éloigner. Il n'ose pas me crier dessus de peur d'alerter les voisins. J'enfonce mes mains tremblantes dans mes poches. Je n'entends pas la porte se refermer derrière moi, mais je sais qu'il me regarde partir.

Ce n'est pas le retour triomphant que je m'étais imaginé.

+++

Je me sens coupable en franchissant la porte de la Flèche, comme si des dizaines d'yeux d'Audacieux étaient là pour m'observer et juger ce que je viens de faire. J'ai agi à l'encontre de nos leaders, et tout ça pour quoi ? Pour un homme que je hais et qui ne me croit même pas ? Je n'ai pas le sentiment que ça en valait la peine, que ça valait la peine de passer pour un traître.

À travers la porte vitrée, je contemple le gouffre loin en dessous de moi, l'eau calme et sombre, trop encaissée pour pouvoir refléter le clair de lune. Il y a quelques heures, je me tenais précisément là, sur le point de révéler à une fille que je connais à peine tous les secrets que j'ai mis tant d'énergie à cacher.

Contrairement à Marcus, *elle*, au moins, s'est montrée digne de ma confiance. Elle, et sa mère, et le reste de la faction en laquelle elle croit, valent toujours la peine qu'on les protège. Et c'est ce que je vais faire.

TROIS SCÈNES DE LA TRILOGIE

DIV3RGENTE

DU POINT DE VUE DE QUATRE

"PREMIER SAUT : TRIS !"

+++

"ATTENTION, TRIS !"

+++

"ÇA TE VA BIEN,
TON NOUVEAU LOOK, TRIS."

« PREMIER SAUT : TRIS ! »

JE REGARDE MA MONTRE. Les premiers novices devraient sauter d'une minute à l'autre.

Le filet s'étale devant moi, large, solide, éclairé d'en haut par le soleil. La dernière fois que je suis venu ici, c'était pour le jour du Choix de l'an dernier ; et celle d'avant, le jour où j'ai sauté moi-même. Je n'aime pas me rappeler ce que j'ai éprouvé ce jour-là en m'avançant jusqu'au rebord du toit, centimètre par centimètre, le corps et l'esprit pétrifiés de terreur, l'atroce chute libre, mes bras et mes jambes qui brassaient l'air en vain, la gifle des fibres du filet sur mes bras et ma nuque.

— Et cette blague, ça a marché ? me demande Lauren.

Je mets une seconde à comprendre de quoi elle parle : le logiciel espion que je lui ai demandé en lui faisant croire que c'était pour faire une blague à Zeke.

— Pas eu le temps. Je l'ai à peine croisé ces jours-ci, au boulot.

— Tu sais que si tu faisais l'effort d'étudier sérieusement, tu nous serais bien utile au service technique ?

— Si vous recrutez, tu devrais en parler à Zeke. Il est bien meilleur que moi.

— Ouais, mais Zeke est un moulin à paroles. Vu le temps qu'on passe à travailler ensemble, la compatibilité est un critère encore plus important pour nous que les compétences.

Je rigole. C'est vrai que Zeke n'arrête jamais de parler. Moi, ça ne me gêne pas. C'est parfois pratique de ne pas avoir à chercher de sujet de conversation.

On attend. Lauren triture l'un de ses anneaux au sourcil tandis que j'essaie de tendre le cou pour apercevoir le toit de l'immeuble, mais je ne vois rien d'autre que le ciel.

— On parie que le premier sera un natif ? me dit-elle.

— C'est toujours un natif. Si je parie avec toi, je suis sûr de perdre.

Ils sont favorisés, les natifs. En général, ils savent déjà qu'il y a un filet tout en bas. Le jour du Choix est la seule occasion où on utilise cette entrée, on fait ce qu'on peut pour leur cacher son existence, mais les Audacieux étant curieux, ils explorent l'enceinte dès qu'ils croient que personne ne surveille. Et puis ils ont grandi en cultivant l'extrémisme, le désir de frimer, de se jeter à fond dans une action une fois qu'ils ont décidé d'y aller. Il faudrait un transfert doté d'un sacré tempérament pour en faire autant sans y avoir été éduqué.

C'est là que je la vois.

Une traînée, non pas noire comme je m'y attendais, mais grise, qui déboule dans les airs. J'entends le claquement du filet qui tire sur son support métallique et se courbe pour l'accueillir. Pendant une seconde, je fixe avec stupeur ses vêtements, que je connais si bien, avant de lui tendre une main par-dessus le filet.

Elle replie ses doigts autour des miens et je la tire vers moi. Puis elle se laisse tomber sur le côté et je la tiens par les bras pour la stabiliser. Elle est petite, d'apparence frêle, au point que je me dis que l'impact aurait dû la casser en deux. Elle a les yeux grands ouverts, bleu pâle.

— Merci, me dit-elle.

Si elle a l'air fragile, sa voix, elle, est assurée.

— J'y crois pas, dit Lauren, avec plus de cabotinage Audacieux qu'à son habitude. Une Pète-sec qui saute la première. Ça, c'est un scoop.

Elle a raison. C'est déjà un scoop qu'une Pète-sec choisisse les Audacieux. Il n'y a eu aucun transfert Altruiste l'année dernière, et il y a deux ans, j'étais le premier depuis bien longtemps.

— Ce n'est pas pour rien qu'elle les a quittés, Lauren, signalé-je.

Je me sens brusquement projeté dans mon passé. Puis je me ressaisis et je me tourne vers la novice :

— Comment tu t'appelles ?

— Heu...

Elle hésite, et pendant un bref instant, j'ai la sensation étrange de la connaître. Pas pour l'avoir croisée autrefois chez les Altruistes, ni au lycée, mais à un niveau plus enfoui, en voyant son regard et sa bouche qui cherchent un nom, insatisfaite de celui qui lui vient, tout comme je l'ai été dans la même situation. Mon instructeur m'a permis d'échapper à mon ancienne identité. Je peux lui donner cette chance, moi aussi.

— Réfléchis, dis-je avec un petit sourire. Après, tu ne pourras plus changer.

— Tris, déclare-t-elle d'un ton décidé.

— Tris, répète Lauren. Fais l'annonce, Quatre !

C'est vrai que c'est ma novice, cette transfert des Altruistes.

Par-dessus mon épaule, je lance au groupe d'Audacieux qui s'est rassemblé pour regarder sauter les novices :

— Premier saut : Tris !

Comme ça, ils se souviendront d'elle non par ses vêtements gris mais par son premier acte de bravoure. Ou de folie. Ce qui est parfois la même chose.

Ils l'acclament et, tandis que la grotte résonne de leur tumulte, un deuxième novice tombe à pic dans le filet avec un cri à glacer le sang. Une Sincère vêtue de noir et blanc. Cette fois, c'est Lauren qui tend le bras pour l'aider. Je pose ma main sur le dos de Tris pour la guider vers l'escalier, au cas où elle ne serait pas aussi stable qu'elle en a l'air.

— Bienvenue chez les Audacieux, lui dis-je avant qu'elle monte la première marche.

« ATTENTION, TRIS »

UNE ALTRUISTE, CINQ SINCÈRES, DEUX ÉRUDITS. Voilà mes novices.

Il paraît que le taux de transferts réciproques entre Sincères et Audacieux est assez élevé – on en perd globalement autant qu'on en gagne de chaque côté. J'estime qu'il relève de mon travail d'amener ces huit novices au moins jusqu'aux premières éliminations. L'an dernier, quand Max et Eric ont insisté pour instaurer ce système d'expulsion, je m'y suis opposé autant que j'ai pu. Mais on dirait qu'il est là pour de bon – tout ça pour défendre le profil d'Audacieux que Max et Eric veulent créer : une faction de brutes sans cervelle.

Je compte bien quitter les Audacieux dès que j'aurai découvert ce que mijotent Max et Jeanine, et si ça doit arriver en plein milieu de l'initiation, parfait.

Une fois que tous les natifs nous ont rejoints – dont Uriah, Lynn et Marlene –, je m'engage dans le tunnel en faisant signe aux novices de me suivre. On se dirige dans le noir vers les portes de la Fosse.

— C'est ici qu'on se sépare, annonce Lauren devant les portes. Les natifs des Audacieux, vous restez avec moi. Vous n'avez pas besoin qu'on vous fasse visiter les lieux, j'imagine.

Elle sourit, et ils s'éloignent dans le couloir qui contourne la Fosse jusqu'à la cafétéria. Je les suis des yeux jusqu'à ce qu'ils aient disparu, et je me redresse. J'ai compris l'an dernier que, pour être pris au sérieux, je devais me montrer dur dès le départ. Je n'ai pas le charme naturel d'Amar, qui gagnait la loyauté des gens rien qu'avec un sourire ou une blague. Je dois compenser par d'autres moyens.

— En général, je travaille dans la salle de contrôle informatique, expliqué-je, mais pendant les prochaines semaines, je serai votre instructeur. Je m'appelle Quatre.

L'une des Sincères, grande, la peau mate, un ton énergique, intervient :

— Quatre comme le chiffre ?

Je pressens un début de chahut. Ceux qui ne connaissent pas le sens de mon surnom ont souvent tendance à en rire, et je n'apprécie pas beaucoup qu'on se moque de moi, surtout pas un groupe de novices débarquant de la cérémonie du Choix sans la moindre idée de ce qui les attend.

— Oui, dis-je froidement. Ça te pose un problème ?

— Non.

— Parfait. Nous allons entrer dans la Fosse, que vous en viendrez un jour à aimer. C'est...

Nouvelle interruption ironique de la Sincère :

— La Fosse ? Sympa, comme nom.

Elle commence à m'énerver et je me tourne vers elle par

réflexe. Je ne vais pas laisser quelqu'un ricaner à tout ce que je dis, encore moins dès le début de l'initiation, où les comportements sont encore aussi malléables. Je vais devoir leur montrer qu'on ne rigole pas avec moi, et tout de suite.

Je me penche à quelques centimètres de son visage et je la fixe jusqu'à ce que son sourire vacille.

— Comment tu t'appelles ? demandé-je sans hausser la voix.

— Christina.

— Eh bien, Christina, si j'avais voulu me cogner les remarques de petits malins des Sincères, j'aurais choisi leur faction. Ta première leçon, ça va être d'apprendre à la fermer. Pigé ?

Elle fait oui de la tête et je me détourne, les tempes battantes. Je crois que ça a marché, mais je n'en serai vraiment sûr que quand l'initiation aura commencé. Je pousse les portes qui donnent sur la Fosse et, pendant un instant, je la découvre comme si c'était la première fois : un espace immense, bouillonnant de vie et d'énergie, l'eau du gouffre qui pulse en allant s'écraser sur les rochers, les échos des conversations qui résonnent dans tous les coins. La plupart du temps, je fuis cet endroit à cause de son effervescence, mais aujourd'hui, il m'enchante. C'est plus fort que moi.

— Suivez-moi, dis-je, je vais vous montrer le gouffre.

+++

La transfert des Altruistes s'assied à ma table. Sur le coup, je me demande si elle sait qui je suis, ou si c'est moi qui l'aimante par je ne sais quelle force Pète-sec invisible et incontrôlable. Mais rien dans son regard n'indique qu'elle me connaisse. Et elle n'a jamais vu un hamburger.

—Tu n'as jamais mangé de hamburger? lui demande Christina, incrédule.

Les Sincères sont toujours comme ça, sidérés par le fait que tout le monde ne vit pas comme eux. Comme si le reste du monde n'existait pas. Alors que pour les Altruistes, il n'y a que le reste du monde qui existe, rempli de besoins insatiables.

—Non, dit Tris. Ça s'appelle comme ça?

Elle a une voix grave pour quelqu'un d'aussi petit. Son ton est toujours sérieux, quoi qu'elle dise.

—Les Pète-sec ne mangent que de la nourriture simple, expliqué-je aux autres.

J'ai employé délibérément le terme d'argot des Audacieux, mais appliqué à elle, il me paraît grossier, comme si je lui devais les égards dus à toute femme dans mon ancienne faction, faits de déférence, de regards détournés et d'échanges polis. Je dois me secouer pour me rappeler que je ne suis plus chez les Altruistes. Et elle non plus.

—Pourquoi? demande Christina.

—Le luxe est perçu comme un plaisir égoïste et futile.

Tris débite ça comme une formule apprise par cœur, ce qui est sans doute le cas.

—Je comprends que tu te sois tirée, commente Christina.

—Ouais, fait Tris en roulant des yeux. T'as raison, la bouffe, c'est du sérieux.

J'essaie de ne pas sourire. Je ne suis pas certain d'y arriver.

Eric entre dans la cafétéria et le silence tombe.

Sa nomination au poste de leader a été accueillie avec perplexité, parfois avec colère. Les Audacieux n'ont jamais eu de leader aussi jeune, et beaucoup de gens se sont élevés contre cette décision, inquiets de son manque d'expérience et de ses origines d'Érudit. Max s'est employé à faire taire ces craintes. Eric aussi. Ceux qui exprimaient des griefs à voix haute un jour réapparaissaient le lendemain muets et tendus, comme si on les avait menacés. Connaissant Eric, c'est sans doute ce qu'il faisait, à sa manière tordue, en leur glissant d'une voix posée des mots savamment calculés pour inspirer la peur.

— C'est qui ? me demande Christina.

— Eric, un leader Audacieux.

— C'est vrai ? Il a l'air super jeune.

Je serre les dents.

— Ce n'est pas l'âge qui compte ici.

Plutôt les relations avec Jeanine Matthews.

Eric s'approche et se laisse tomber sur une chaise à côté de moi. Je fixe mon assiette.

— Tu ne nous présentes pas ? me dit-il d'un ton familier, comme si on était amis.

— Christina, Tris.

— Tiens, une Pète-sec, commente-t-il d'un air narquois.

Pendant une seconde, j'ai peur qu'il ne lui précise d'où je viens, et je crispe la main sur mon genou pour ne pas être tenté de le frapper. Mais il se contente de lui dire :

— On verra bien combien de temps tu vas tenir.

J'ai quand même envie de le frapper. Ou de lui rappeler que le dernier transfert venu de chez les Altruistes, qui est assis juste à côté de lui, a quand même réussi à lui casser une dent. Alors, allez savoir de quoi celle-ci sera capable. Mais avec les nouvelles pratiques – les combats jusqu'au KO, les éliminations au bout de la première semaine –, il a raison, vu son gabarit, il est peu probable qu'elle tienne longtemps. Ça ne me plaît pas mais c'est comme ça.

Il se tourne vers moi :

— Tu es sur quoi, en ce moment, Quatre ?

Sur le coup, je frémis, craignant qu'il n'ait découvert que je les surveille, Max et lui. Je hausse les épaules.

— Rien de spécial.

— Max a essayé plusieurs fois de te voir, mais apparemment, tu ne t'es jamais manifesté. Il se pose des questions.

Je n'ai pas de mal à ignorer les messages de Max, comme s'il s'agissait de détritus portés par le vent. Les réactions violentes suscitées par la nomination d'Eric laissent peut-être indifférent le principal intéressé, mais pas Max, qui n'a jamais apprécié son protégé autant qu'il le devrait. Moi, il m'appréciait, bien que je ne comprenne pas trop pourquoi, étant un solitaire alors que les Audacieux vivent collés les uns aux autres.

— Dis-lui que ma position me convient très bien, répliqué-je.

— Ah, il t'a proposé un boulot.

Toujours cette inquisition méfiante qui suinte de sa bouche, comme le pus qui s'écoule d'un nouveau piercing.

— Il semblerait.

— Et ça ne t'intéresse pas.

— Ça fait deux ans que je le répète.

— Bon, alors espérons qu'il finira par comprendre.

Il me donne une tape sur l'épaule, censée être nonchalante, mais assez forte pour me projeter brusquement en avant. Je le fusille du regard tandis qu'il s'éloigne. Je n'aime pas être secoué, encore moins par un traître à la solde des Érudits.

— Vous êtes... amis, tous les deux ? me demande Tris.

— On était dans le même groupe de novices.

Je décide de frapper à titre préventif, de les monter contre Eric avant qu'il ne les monte contre moi, et je précise :

— Il venait de chez les Érudits.

Christina hausse les sourcils mais Tris ne réagit pas, ne manifeste rien de la défiance qui devrait être gravée en elle, après avoir grandi chez les Altruistes.

— Toi aussi, tu es un transfert ? me demande-t-elle.

— Je pensais qu'il n'y aurait que les Sincères pour me casser les pieds avec leurs questions. Voilà que les Pète-sec s'y mettent aussi ?

Comme avec Christina tout à l'heure, ma rudesse a pour but de fermer la porte avant qu'elle ne s'ouvre trop. Mais Tris grimace comme si elle venait mordre dans quelque chose d'amer. et me rétorque :

— C'est sûrement à cause de ton côté chaleureux. Genre porte de prison.

Elle rougit sous mon regard mais ne détourne pas les yeux.

— Attention, Tris.

Attention à ce que tu me dis, à ce que tu dis aux autres, dans cette faction aux valeurs faussées, qui ne comprend pas que quand on vient de chez les Altruistes, refuser de s'écraser est le sommet du courage.

En disant son nom, je réalise d'où je la connais. C'est la fille d'Andrew Prior. Beatrice Prior.

« ÇA TE VA BIEN, TON NOUVEAU LOOK, TRIS »

JE NE SAIS PLUS BIEN POURQUOI J'AI RI, sauf que c'était à cause d'un truc trop drôle qu'a dit Zeke. Autour de moi, la Fosse oscille comme si j'étais sur une balançoire. Agrippé à la rambarde, j'avale le fond du breuvage non identifié qui restait dans mon verre.

Une attaque contre les Altruistes ? Quelle attaque contre les Altruistes ? Me souviens pas.

D'accord, c'est faux, mais il n'est jamais trop tard pour s'habituer à vivre avec les salades qu'on se raconte.

Je vois une tête blonde danser dans la foule et mon regard descend jusqu'au visage de Tris. Pour une fois, elle n'est pas noyée sous des couches de vêtements et son col n'est pas boutonné jusqu'au cou. Je distingue ses formes – « Arrête », me rabroue une voix dans ma tête avant que ma pensée ne puisse aller plus loin.

— Tris !

C'est sorti sans que je puisse le retenir, et je n'ai même pas essayé. Je me dirige vers elle sans me préoccuper des regards médusés de Will, Al et Christina. Ça n'est pas difficile – je n'ai qu'à suivre ses yeux, qui paraissent plus lumineux, plus perçants que d'habitude.

— Tu as quelque chose de changé, dis-je.

Je veux dire « Tu parais plus âgée », mais je ne voudrais pas qu'elle croie que je lui trouvais une tête de gamine avant. Elle n'a peut-être pas des courbes de femme, mais personne en regardant son visage ne pourrait voir celui d'une enfant. Un enfant n'a pas cette férocité.

— Toi aussi, me réplique-t-elle. Qu'est-ce que tu fais ?

« Je bois », pensé-je. Mais ça, elle a dû s'en apercevoir.

— Je flirte avec la mort, dis-je en riant. Je bois près du gouffre. Peut-être pas l'idée du siècle.

— Effectivement.

Elle ne rit pas. Elle a un air méfiant. Mais de quoi se méfierait-elle ? De moi ?

— Je ne savais pas que tu avais un tatouage, fais-je en posant les yeux sur sa clavicule.

Il représente trois oiseaux noirs, tout simples, mais ils semblent voler sur sa peau.

— Hmm. Les *corbeaux*, ajouté-je.

J'ai envie de lui demander ce qui a pu la pousser à se faire tatouer l'un de ses pires cauchemars, à porter le signe de sa peur au lieu de l'enfouir, d'en avoir honte. Mais ce n'est pas parce que j'ai honte de mes peurs qu'elle doit avoir honte des siennes.

Je me retourne vers Zeke et Shauna, qui se tiennent accoudés à la rambarde, épaule contre épaule.

— Je te proposerais bien de venir avec nous, mais tu n'es pas censée me voir comme ça.

— Comme ça comment ? Soûl ?

— Ouais... enfin, non. (Ça ne m'amuse plus tant que ça, tout à coup.) En vrai, je dirais.

— Je ferai comme si je n'avais rien vu.

— C'est sympa.

Je me penche, plus près que je ne devrais, et je sens l'odeur de ses cheveux, je sens la peau délicate, lisse et fraîche de sa joue contre la mienne. Si elle avait ne serait-ce qu'esquissé un mouvement de recul, j'aurais honte de me comporter d'une manière aussi stupide, aussi effrontée, mais elle n'a pas bougé. J'ai même l'impression qu'elle s'est légèrement rapprochée.

— Ça te va bien, ton nouveau look, Tris, dis-je, parce que je ne suis pas sûr qu'elle le sache et qu'elle devrait le savoir.

Cette fois, elle rit.

— Rends-moi service, tiens-toi à l'écart de cette rambarde, d'accord ?

— Promis.

Elle me sourit. Et, pour la première fois, je me demande si je lui plais. Si elle arrive encore à me sourire en me voyant dans cet état... hmm, ce n'est pas exclu.

Mais je sais une chose : pour ce qui est de m'aider à oublier la mocheté de ce monde, je la choisirais, elle, plutôt que l'alcool.

REMERCIEMENTS

MERCI, MERCI, MERCI :

À mon mari, à ma famille (les Roth-Rydz-Ross, Fitch, Krauss, Paquette, Johnson et tous les autres) et à mes amis (écrivains et non écrivains de par le monde), pour leur soutien, leur générosité et leur tolérance, sans lesquels j'aurais eu mal à survivre. Sérieusement.

À Joanna Volpe, agent et amie, pour sa gentillesse et sa sagesse et toutes les (Bonnes) Choses. À Katherine Tegen, éditrice et amie, pour sa sagesse éditoriale et son dur labeur. À toute l'équipe de HarperCollins pour ses exploits de toutes sortes : Joel Tippie, Amy Ryan, Barb Fitzsimmons, Brenna Franzitta, Josh Weiss, Mark Rifkin, Valerie Shea, Christine Cox, Joan Giurdanella, Lauren Flower, Alison Lisnow, Sandee Roston, Diane Naughton, Colleen O'Connell, Aubry Parks-Fried, Margot Wood, Patty Rosati, Molly Thomas, Onalee Smith, Andrea Pappenheimer, Kerry Moynagh, Kathy Faber, Liz Frew,

Heather Doss, Jenny Sheridan, Fran Olson, Deb Murphy, Jessica Abel, Samantha Hagerbaumer, Andrea Rosen, David Wolfson, Jean McGinley, Alpha Wong, Sheala Howley, Ruiko Tokunaga, Caitlin Garing, Beth Ives, Katie Bignell, Karen Dziekonski, Sean McManus, Randy Rosema, Pam Moore, Roseanne Romanello, Melinda Weigel, Gwen Morton, Lillian Sun, Rosanne Lauer, Erica Ferguson et bien sûr Kate Jackson, Susan Katz et Brian Murray. Je n'aurais pas pu rêver une meilleure maison d'édition.

À Danielle Barthel pour sa patience et ses encouragements, concernant ces histoires-ci en particulier. À Pouya Shahbazian, pour m'avoir montré comment rester calme dans la tempête (j'y œuvre). À toute l'équipe de New Leaf Literary pour tout le travail accompli, et avec brio. À Steve Younger, autant pour son humour que pour ses prouesses juridiques.

Et, enfin mais surtout, surtout : à tous les lecteurs de *Divergente* (les novices !) du monde entier. Votre enthousiasme pour ces personnages m'a portée dans l'écriture de ces histoires et m'a donné l'élan pour surmonter les difficultés.

La conclusion la plus appropriée me semble être un

<4

TABLE DES MATIÈRES

L'AUTEURE

VERONICA ROTH a vingt-deux ans lorsqu'elle publie le premier tome de *Divergente*. C'est son premier roman, qu'elle a écrit pendant ses études à la Northwestern University. Alors étudiante en Écriture créative, elle préférait se plonger dans les aventures de Tris plutôt que faire ses devoirs...

Elle est aujourd'hui écrivaine et vit dans les environs de Chicago. Sa série *Divergente* fait partie de la liste des best-sellers du *New York Times*.

DIVERGENTE

DÉCOUVREZ
LA TRILOGIE ÉVÉNEMENT !

ÉGALEMENT DISPONIBLES EN VERSION NUMÉRIQUE

Motion Picture Artwork ™ & © 2015 Summit Entertainment, LLC. All Rights Reserved.

GROUPE M6 [NYSE : LGF] SUMMIT A LIONSGATE COMPANY Nathan